單讀 One-way Street

CUNEI FORM
铸刻文化

致你

A LETTER FROM "I" TO "THOU"

李静 著

上海文艺出版社

《我害怕生活》总序

I   中年来临,做过一个梦:人头攒动一望无际的考场里,考官给每人发卷子,边发边说:"每个人的题都不一样哈,好好答,不许错,错一道就罚你!""罚"字刚落,就有滚雷的声音。我恐惧,开做第一题。总觉做不对,就重做,还觉不对,又重做,如是往复,永无休止——做不完的第一题。忽听考官说:"还有最后三分钟,抓紧时间哈!"往下一看,卷子无限长,不知还剩多少题没答。反正已经来不及,我就不再动笔,坐以待毙。铃声大作,卷子收走。惩罚的结局已经注定。滚雷的声音再度响起。脚下土地震颤,裂开口子,我坠落,向无底深渊坠落,挣

扎，呼喊，却喊不出，也不能阻止这坠落，于是惊醒。仔细回味这梦，感到主题过于直露的尴尬。

此即这套集子的由来——来自我总也做不完的"第一题"。在契诃夫剧作《没有父亲的人》里，主人公普拉东诺夫对他的邻居们说："哈姆雷特害怕做梦，我害怕生活。"我呢，我因害怕生活而害怕做梦——害怕了大半生，直到只剩最后三分钟的时候，猛然惊醒。

因此，《我害怕生活》里的这五本小册实在是煎熬的碎屑与逃离的祈祷。之所以还敢示人，乃是由于作者被这一理由所说服：它们或可成为某种镜子与安慰——有一个人，在生活中经历了漫长的贫乏与胆怯，却在断断续续挣扎不休的写作里，看见了一丝亮光，保住了一点真心。至于这真心能否安慰你，我也说不准。我自己，倒是愿意听从古人，那人说："不可使慈爱、诚实离开你，要系在你颈项上，刻在你心版上。"（箴言3：3）

这些文体驳杂的字写于1995年到2022年。有的作品因为一些缘故没有收进来，但大部分也就在这里了。时间跨度如此之长，规模厚度却如此有限，这是我写作之初没有预料到的——我没有预料到，写作竟如此之难。但我也没预料到，写作竟如此意义重大——它是一条道路，借着一束光，将一个困在囚笼里的灵魂，引向自由与爱之地。诚然，写作本身并不是光。但写作只要是诚实不虚的，必会遇见光。光在人之外、人之上，是切切实实存在的。光引领我们实现生命的突破。

这五本小书，按照文体和内容辑成，分别说明如下：

《必须冒犯观众》是一本批评随笔集，收入了一些关于戏剧、影像、文学、泛文化现象的散碎议论和自己的创作谈。它曾于2014年出版，此次再版，篇目做了大幅调整和增删，并按论域重新编排。

《捕风记》是一本文艺专论集，收入了对若干位戏剧家、小说家和批评家的集中论述。它曾于2011年出版，此次再版，篇目亦做了较大调整，所论者是：契诃夫，彼得·汉德克，林兆华，过士行，朱西甯，木心，莫言，王小妮，止庵，林白，王安忆，贾平凹，林贤治，郭宏安。

《王小波的遗产》是关于作家王小波的回忆与评论文章的结集，断断续续写于1995至2022年。总成一书，表明一个受他深刻影响的写作者的记念。

《致你》是一本私人创作集，写于1996年到2021年。之所以用"私人"二字，是因为它们不成规模，自剖心迹，与其说是作品，不如说是一些写给知己的信，最能表明"业余写作"的性质。尤其诗歌，从未发表，完全是自我排遣的产物，以之示人，诚为冒险之举。写小说曾是我的人生理想，但至今畏手畏脚，留下一两个短篇在此，微微给自己提个醒儿。一些散文，是某种境况中的叹息；还有些散文，被写者已经作古，使我的心，如同一座墓园。《致你》是本书里写作最晚的文章，表明我如今的精神光景。近日搜百度，才知2016年已有一首同名流行歌。奈何我不能改。这里的"你"，来自马丁·布伯《我与你》之"你"，是永恒之"你"，充溢穹苍、超越万有之"你"。这是我写给"你"的信，此对话将一直延续在我未来的旅程中。

《戎夷之衣》是完成于2021年的话剧剧本，借《吕氏春秋》里的一个故事，叩问人心中的光与暗。戏剧创作是2009年以后我所致力的事。虽收获不多，至今完成的只有《大先生》《秦国喜剧》《精卫填海》《戎夷之衣》四部剧，且每一部的构思都极缓慢，上演亦很艰难，但写作过程却极喜乐——那种负重而舞的喜乐，是其他体裁的写作所无法给予的。何故？因戏剧是一种最有攻击性也最能凝聚爱的灵魂对话。这么说，不完全由于戏剧是对话体，更由于这种艺术天然地蕴含一种可能性，将一个时代最本质、最疼痛的问题，化作象征性形象之间直接的精神冲突，抛却末节而切中要害地，袭击并拥抱读者／观众的心。戏剧写作是我中年的礼物，使我得以"菜鸟"身份返归青春。这真是奇妙的事。

整理这套书稿，即是整理二十多年麦子与稗子拥挤共生的时光。由于自我的更新变化，从前的有些观点，如今亦已发生变化。但既然已经写下，已经发生，就仍抱着客观的态度,放在这里。

因此,这套小册绝非一个写作者的"成就"之总结,而仅仅是另一探索的萌芽与开始。此生或许只余剩"最后三分钟",但仍可卸下惧怕,满怀盼望地写作,如此,才能彻底从噩梦中醒来,去就近光。

李静

2022年6月10日

目 录

I 《我害怕生活》总序

甲 辑

003 安吉，哦，安吉

023 姥姥

043 可怜她只是一个小小的猫咪

055 俊蔚

067 亲爱的徐晓

079 他已去到永远的光里

085 穿越黑暗的玻璃

101 在愧疚而清洁的微光中

131 致你

乙 辑

163 探究写作不快乐的根源及应当快乐之理由

173 磨刀霍霍

185	子曰
195	一个流氓的诞生
201	寒冬的哭泣
205	2008年5月19日14点28分
209	香格里拉的云
215	结婚
219	童心的天空
223	体验几个动词
229	不幸的事
233	难说的事
237	关于死

丙 辑

243	雾都孤儿
249	囚禁
253	感激
259	回放
273	应许

277	后记
279	《我害怕生活》总后记

这是一场旷日持久的"爱的工程",
可能你活着时看不到有些事的完工,
但它绝不会烂尾。

甲辑

安吉，哦，安吉

安吉让大自然穿过她的身体。她的眼睛透明，尖锐，看见D城的海滩，浪，礁石，人家的炊烟，老人亮晶晶流泪的小眼睛，孩子的摔跤——孩子摔在地上，为了救护小手不惜以头抵地呢，她都写信告诉我。她的语句里滚动着阳光和海风，速度也像风一样。我看见她在奔跑，影子轻盈，无羁，四处飞扬。在她安静的时候，就像莲花静静开放。一只鹰从我面前的山坡上投下一片张狂的黑影，自由自在的慵懒的黑影。就像我。但其实我不喜欢鹰的样子。如果有一朵莲花能飞得和鹰一样高，我一定最爱那朵莲花。我坚决地认为，安吉就是那朵会飞的莲花，所以我告诉她，我爱她。

她曾对我说过那句话。九年前，在高三暑假，在她写给我的第一封信里，她平静地对我说：你记得那首英文歌吗？——I love you more than I can say. 那是我一直想唱给你听的歌。读到这里时，我正走在从收信室回家的路上。我的脸一下子热了起来，和夕阳的温度一样。我抬头四顾，慌乱地飞跑，浓荫匝地的树木从我身边飞驰而过，一直奔向天边。啊，那个假期，等她信的假期，我开始青春往事的假期。

隔壁班的女孩，安吉。我本来不认识她。我谁也不敢认识。我的十四岁到十八岁生活在青春期的黑暗中。一生中什么时光最难熬？就是黑暗的青春时期。最无助，最寂寞，最贫乏。那四年我的日记里充斥着这样的自问：

1. 我活着令自己快乐吗？不。
2. 我活着能给别人带来快乐吗？不。不仅不能，还让人心烦和讨厌。
3. 我现在活着能给人类做贡献吗？不。
4. 有人爱我吗？这个问题使我犹豫了一下。爸爸妈妈，可能还有哥哥。虽然哥哥跟我吵架，挖苦我，但我死了他也不一定不难过。
5. 假如你死了，除了家里人，还会有人难过吗？不。

我望着最后一个"不",常常心如刀绞。我当时以为,是否应当活下去,完全取决于最后那个问题。只有这个问题才代表我的价值。一头母猪也会对她崽子的死感到哀恸,但其他的猪却是无动于衷。如果我的死使大家无动于衷,我也就只是一头猪。一头猪还有什么脸混迹在人群里呢?所以,活着还是死去,对我已不是一个问题。在斗争了两年以后,在十六岁高一的一个下午,我撒谎逃学,来到海边。

小城的海滨器量狭小,就像这个地方的气质。海岸线封闭而短,海水平静驯服,听话地舔着金黄的沙滩。我在岸边徘徊,继续我的问题:

6. 假如你死了,会有人高兴吗?会。
7. 你有把握将来对人类做不出贡献吗?无。
8. 在谁也不知你是谁的时候就死去,你认为值得吗?不。
9. 在还不知道什么是美好的生活,还没有人真正地爱你的时候就死了,你甘心吗?不。

在抛出最后一个否定词后,我就不在岸边徘徊了。老实说,还因为我对家乡的海一直感到扫兴。我认为在它里面自杀一点气魄也没有——没有浪涛轰鸣、雪花飞溅匹配我的痛苦,没有浩荡的风烘托我的决绝,死得不是太没有境界了吗？即使我重新获得活下去的念头，也不能归功于"大海的启示"，它那沉闷的样子也只能使我更沮丧，更绝望——天啊，我还要忍受多少无爱的日子，才能见到光明！而且，谁能保证有一天我真能够获得希望的爱呢？那不是一场冒险吗？如果我到了风烛残年还不知道什么是爱，不就白白忍受了如此漫长的痛苦时光？到那时再回首往事，岂不后悔莫及吗？但是，但是，万一呢？为了那个万一，我受苦是值得的啊！

在我二十七岁的一天早晨，我和安吉回忆了一会儿高中时代。我说："高中对我来说是个痛苦的时期，痛苦的渊源却在童年。"她眉毛一抖，不解地问："孩子会有真正的痛苦吗？"她又问："即使现在，你想起来还是痛苦的吗？"

我点点头。现在，我已经长大。我懂得在潮湿发霉的时候走进太阳地里晒晒。我知道主动索取阳光。我终于知道阳光是什么样子。那是我在漫长的童年期一直为之哭泣和饥渴的一切。一直哭泣，小小的孩子竟遍尝哀怨的滋味。一个瑟索的小灵魂，张着嘴，伸着臂，在永无尽头的夜风中号泣。孤单的小灵魂，她居然不知道迈开双腿去寻找和得到。她像一只铁铸的花苞，意识到自己是坚硬的铁，以为无法开放。但是她又坚决认为自己是一朵花，等着开放的那一天。她是这样焦急和无能为力，并且恐惧——害怕自己最终没能开放成一朵灿烂的花,就变成一块乌黑的废铁。在所有的恐惧之上,她还有一个最深的恐惧——她害怕被摧残,她害怕凋零——这时她又以为自己是一朵正常的脆弱的花了。

孩子的痛苦是最深的痛苦。这痛苦是种子,随着年龄的增长长成参天大树,增添着内容,但那最初的核是童年埋下的。也许这核只是个虚空,打开它,里面空无一物。可是你没看见一股有毒的气体飞出来,消失在你呼吸着的空气中?那个毒,很可怕,因为它无形,你说不清楚,现在却也不会觉得它可怕。但是对一个孩子,那个毒却意味着时时都可能把她毁灭。

我给安吉讲了个故事:有一个奴隶,一直遭到主人的鞭打,恐惧已经深深植入他的内心。有一天,主人说:我不再打你了,但将有一把剑始终悬在你的头顶,如果你抬头,它就会掉下来砍掉你的脑袋。因此你必永远低头耕耘,不可抬头。奴隶听从他的话,这样做了,直到一天,他忽然听见天上自由的鸽子的哨鸣,忘记了警告,抬起头来。他看见晴空,太阳,鸽子,云彩,世界是自由的景象。没有主人,也没有剑。他试着奔跑,呼喊,歌唱,伸开双臂旋转着舞蹈。没有人管他,没有灾难降临。他感到自己被欺骗了。他恼怒。他要寻找主人复仇。他找遍全世界,没有人见过他。这个人,这个奴役他的人并不存在。他大声向天怒吼,诅咒使他白白经受无价值的奴役的厄运。难道我就这样糊涂地空过了最灿烂的青春？！我的青春，她本应充溢着最甘甜的美酒，现在却充满卑屈的回忆。甚至连回忆也没有。我竟已习惯了低头向着大地，不习惯天空。这大地，不是作为力量的源泉的大地，而是我眼里孤立的一粒粒沙子，一块块粪土，一片片枯叶。它们冷漠地散落着，相互没有关系。我和它们也没有关系。我们都是被宇宙抛弃的尘埃。他痛苦地喃喃低语。

我告诉安吉："每个人都可能是恐惧的奴隶。恐惧，你懂吗？它不一定产生于你的外面。"

我告诉安吉："你就是那只使我忘却恐惧的自由鸽子。那时你的哨鸣使我神往。"

我的恐惧来自哪里？它有多大的重量？它有多少资格值得被清算？它是一个了不起的敌人吗？如果它不是一个了不起的敌人就不值一提吗？这世界何时能根除等级制——甚至恐惧方面的等级制？在致命的恐惧中，我内心的一部分——那份与生俱来的安详，是什么时候失掉的？怎样失掉的？我的余生是否要一直在张皇失措中度过？

我不知道。我默不作声。就像在童年，我默不作声。他们看我默不作声，觉得这孩子怪好玩的。他们不知道我一直在问：给我快乐的爸爸妈妈在哪里？我是谁你知道吗爸爸？我是谁你知道吗妈妈？我是谁你知道吗姥姥？我是谁你知道吗奶奶？什么让我快乐你们知道吗？什么让我害怕你们知道吗？你们在意什么能告诉我吗？你们不高兴什么能告诉我吗？我在这里跑来跑去你们看到了吗？我哇哇大哭你们听到了吗？我在这里，一个四岁的小丫头，眼睛亮亮地睁着，等着被你们注意，等着被你们抱起，等着你们看我的眼神像看着一颗夜明珠。啊一颗夜明珠。

但我不过是一颗玻璃球，大人们眼里的玻璃球。我被一只只巨大的手拿着，弹来弹去，和别的玻璃球相撞。他们很忙，都在尽责任，自认为很称职——对于一个小孩，他们觉得尤其称职。这两个小孩，她和她的哥哥是这么小，他们不饿不冷就不会有别的要求了。他们，我善良的爸爸妈妈，就是这么想。他们想象不出我们小孩子的愿望。我这个小孩子，起初还和别的小孩一样，有很多明确的愿望——比如让他们抱，让他们乐呵呵地看着我撒欢，让他们以为世上只要有我这个小绒球就够了；比如在我挨欺负的时候他们为我撑腰，在我想吃一小块蛋糕的时候他们就欢天喜地地给我买那么一块；比如我想和小冬疯跑的时候就放我跟他一起疯跑，我想穿一种拉带子的黑色小布鞋就给我穿。但是我的爸爸妈妈，这两个善良的人：他们不抱抱；他们也很少看我，他们愁眉不展焦虑不安，看我的眼神好像在看着一个虚空；在我和哥哥挨别的孩子欺负的时候，他们惩罚我们，为了证明自己和教会我们以克己的美德；他们把蛋糕放在姥姥和奶奶那儿，让我们等着吃她们省下来的半块。于是慢慢地我就什么愿望也不再有了，产生不出来了。哦我善良的爸爸妈妈，他们把我交给姥姥管，把哥哥交给奶奶管，然后妈妈和姥姥在一起，爸爸和奶奶在一起。然后我们两个小孩就很少碰面，各自跟着老太太过孤寂的生活。

你觉得不可理喻吗安吉？我的爸爸妈妈是这世上无以复加的孝子孝女。他们都是被守寡的母亲抚养大，母亲们以她们的辛苦和威严建立起崇高的律令，以致我善良的爸爸妈妈会认为，一旦她们的要求，哪怕是微小的要求，没能被满足，就是对她们恩情的彻底辜负——那恩情，是先在的，不能被测量的，如果有测量的念头，就是丧尽天良。于是我的姥姥和奶奶，两个被儿女宠坏的老太太，都提出同样的要求——要和自己的女儿（儿子）一起过；而其实，姥姥还有三个儿子，奶奶还有两个女儿。于是我善良老实的爸爸妈妈就和他们各自的妈妈一起过，而他们自己的家庭——有着他们夫妻两个和儿子女儿的家庭，却消失了，虽然它的名义并未解体。

一个孩子可以习惯任何东西，甚至这样一个奇怪的家庭模式——没有男人，没有别的小孩，只有一个坚定的老太太，一个善良软弱的中年女人，一个四岁的小女孩，静悄悄的没有声音。偶尔爸爸来，我就分外地不适——我心慌，战栗，觉得他随时有理由给我一脚。因为他的脸色是如此阴沉，好像酝酿着万钧雷霆，而这一切又像是因我而起——如果没有我这个除了吃饭什么也不会的小孩就好了。如果我很会唱歌跳舞就好了，会做鬼脸也行，或者会说很多话会打闹，都行。但是我不会，别的孩子都会。我只会干干净净坐在小板凳上，照姥姥吩咐的样子做。如果我不这样做，她就会打我的后脑和屁股。我已经很习惯这样做了，但我老是觉得，有别人在时，我不应该这样，我应该像别的小孩子一样活泼，霸道，神气活现，只有那样，才是好样的，才是真正的小孩子，才是被娇宠的小孩子。而我是多么渴望被娇宠啊！可我又是多么呆板，卑小，战战兢兢，多么"不值得"和"不应该"被娇宠啊！在爸爸这个陌生的男人面前，我就是这样感到羞愧。在陌生的大人面前，我更要感到羞愧——他们居然要用笑眯眯的感兴趣的目光看着我！那是应该给"我"的吗？他们一定是认错了，以为我是别的活泼，霸道，神气活现的小孩子！他们一定是照着那样的小孩给予的目光和笑容！如果我不是那样的小孩，如果我辜负了他们的目光和笑容可怎么办呢？如果他们要我还，我拿什么还呢？如果我还不出，他们一定会换了冰冷严厉的目光看我了！啊那可怎么办呢？我一定要装成他们喜欢的小孩样，不让他们失望！我就做出欢天喜地的样子，撒欢的样子，能说会道的样子——而其实，那都是我想象别的小孩会有的样子，不是我本来的。我本来是什么样子？也并不是姥姥要我做出来的规矩样子，而是有一种我从未表现过的样子，

安吉，哦，安吉

要命的是我想不起来了。

啊，我本来的样子丢失了，安吉！那个不知"愧感"为何物的心安理得的样子。那个目中无人自得其乐的样子。那个有愿望又能实现愿望的舒展快活样子。那个信马由缰自由自在的样子。你的样子。我从童年就丢失了！

我只具有了紧张的样子。什么都叫我紧张。因为我不知道什么时候在大人眼里会犯错误。如果我和别的孩子在一起玩，姥姥就呵斥我"野丫头"；如果我自己在地上玩土，姥姥会打我的手；如果我站在一边看大人搬东西，舅舅就大吼"一边去，别碍事"；如果我看见一个叔叔却没问候，爸爸会斥责我"没教养"；如果我吃了奶奶给的一小块点心，姑姑会嘀咕"白瞎了"；如果我穿了姥姥做的黑布鞋在街上走，别的小孩就起哄我是"老太太"；如果我不要穿这双鞋，妈妈就训我"小孩子不懂艰苦朴素"……

啊，安吉，我的姥姥奶奶爸爸妈妈姑姑舅舅都是善良的人，老实的人，他们如此老实和善良，以致他们全都生活不顺遂，不快乐，被暗算和欺压。他们在争取自己的生存权利时，总要被蛮横的上司或同事击败。他们在我这个不满六岁的小孩面前谈论他们彼此的失败，牢骚，痛骂，以为我一个孩子听不懂。他们不知道，我听得比谁都清楚，也比谁都绝望，好像掉进了漆黑的深渊里。在我掉下去的时候，没有一双手能有力地把我拉回。没人能保护我。啊安吉，在我六岁的一天早晨，妈妈和姥姥都站在窗外和人聊天，好像什么也没有发生，我却独自躺在炕上偷偷地哭泣，以为天就要塌下来，我们马上就要死去。我一边绝望，一边沾沾自喜，因为我知道一个大秘密，悲惨的秘密，其程度已超过我的年龄所能承受，但是我却独自承受了，这是多么的了不起，尽管我就要毁灭，可是我了不起。

啊，我善良老实的长辈们，你们善待每一个你们认识的人——高贵的和卑微的人，对你们重要和不重要的人，除了我这个小孩。一个小孩和一条小板凳有什么区别呢？和一只小狗有什么区别呢？它们是一样什么都不懂。泰戈尔在他的《新月集》里替一个孩子写道："妈妈，如果我不像一个天使，如果我是一条小狗，你还会这样爱我吗？"我知道，如果我是一条小狗，妈妈就不会爱我了。而作为一个小孩，妈妈会给我她认为的爱——她作为母亲应尽的义务。啊义务，这是我善良的长辈们贯穿一生的核心词。这是他们的高贵之处——即使他们过得拮据，不如意，也要对他们负有责任的人尽义务，对求助于他们的人慷慨相助。在70年代前期，我的虽是沈阳农学院毕业却被分配到海滨小城当中学教师的妈妈，一个月有三十元的收入，要养活三口人，和资助时时造访的穷亲戚。爸爸也差不多。可能那时绝大多数中国人都是这样。在我童年的印象中，成年人的表情都是肃杀而严峻的，他们很少有人不是肩扛一座山的样子。那座山就叫"义务"。他们上要对领袖尽义务，中要对父母和爱人尽义务，下要对孩子尽义务。生活如果只剩下了义务，这日子就没法高兴。如果成年人没法高兴，孩子自然也就没法高兴。但是，我的同龄人却是在嬉闹和欢笑中长大的。他们对家中的忧患一无所知。他们要么像羊群一样被大人放到外面去疯跑，要么和有童心的爸爸一起做手工，玩游戏。上学以后，他们也会因为快活得过了头，被老师斥为"没心没肺"。我却不同。用大人的话说，我总是"像个小大人"。他们是用赞美的口吻说的，指的是我习惯性的默不作声的思考神情，好像"很懂事"似的。他们不知道这是沉闷灰暗的气氛留下的痕迹。

沉闷灰暗这东西是怎么来的？只要一个人从小就在意志强硬的成年人的掌握之中，直到他已习惯被掌握，直到他已依赖他这种习惯，直到他除了这种习惯之外什么念头也没有，他就是一个灰暗沉闷的人了。这样，他的一生都是在照着那人的意志行事。他悄悄望着那人，揣摩着：你需要我做什么？你不要我做什么？我怎样才能让你满意？我怎样你才能不怪我？除此之外，他自己没有别的愿望。这是一个奴隶的思考习惯。奴隶诞生在幼年。幼年，妈妈溜出家门和同伴疯玩，被姥姥揪着小辫骂回来，鞋底在妈妈的后脑上啪啪作响。只要妈妈对姥姥稍有违逆，妈妈的后脑就要啪啪作响。除此之外，姥姥疼爱她，抚养她长大。妈妈就这样被姥姥成功地掌握在手里，直到成年，直到陪伴她去世。

姥姥也这样复制我。直到有一天，我被送进幼儿园，我发现自己真正害怕的竟是那些和我一般大的孩子。我吓得哇哇大哭，再也不要去。我自愿放弃了梦寐以求的和他们疯跑的机会。因为我发现自己并不会疯跑，我发现自己更擅长和一个老太太在一起，因为她那里没有陌生的东西。啊熟悉的一切多么让我安然，虽然没有趣，但是不费力，不危险，一切井然有序。陌生的世界多危险，多凌乱，多么令我心惊胆战……我，一个六岁的小女孩，已没有能力从那个生气勃勃的世界获得乐趣。这时候姥姥不必再看管我。她已成为我依恋的人，她已成为我的意志，她已像我的空气。她在我深感漫长的岁月里一度成为"世界—他人"的象征。"世界—他人"，就是这样强硬乖张，有恩于我，又须臾不可离开。我一直隐隐觉得：一旦违逆它，一旦离开它，就会发生我难以预见的事，就会大祸临头，就会于心有愧。

安吉，哦，亲爱的安吉，别怪我这样枯燥沉闷地讲述童年。在我讲述的时候，你是否也在心头讲述你阳光灿烂的童年？你和姐姐弟弟们自由玩耍，跑到山上去，跑到小河里去。什么天气在哪里能采到蘑菇你都知道。各种野花的名字你也叫得上来。你甚至还能躺在草地上，要躺多久就躺多久！还有爸爸，他带领你们游泳滑冰车。虽然家很穷，但是妈妈爱唱欢乐的二人转，有时还能变出一大盆面包来，给你们一个大惊喜。

安吉，亲爱的安吉，我们这两个小孩一点也不一样。不一样的小孩在十六岁时相遇了。一个低头耕耘的奴隶听见天上自由鸽子的哨鸣。啊她抬头望见了你，你这只洁白自由的鸽子，你这个安吉。

你穿着火红色带白条的运动衣站在跳远起跑线上。别的运动员在你身后做准备活动。整个操场的眼睛都在看你。我坐在广播台上播音，整个操场都回荡着我的声音。你肯定也听到了。你也会知道那是我。但是你不知道我在离你不远的台子上悄悄注视你。

轻的风刚好拂起你的短发。你从容地活动了几下腰腿，开始助跑，起跳，两腿在空中交叉划动一下，轻轻落进沙坑里。金色的沙浪腾起一片喝彩声。你又跑回到起跑线，清秀的脸上是满不在乎的神情，那神情构成了一股遥不可及的英气。啊你怎么会对这一切满不在乎呢——这些惊奇的注视，这些折服的喝彩？正是这个神情引起我的注意。这个神情，出现在你这个身体轻盈、英姿飒爽的女孩脸上，使我觉得不寻常。然后，你扭头向左、向右望了一下，目光的变幻像闪电一样快。其实那只是随便的一个动作，没有内容，也和我没有关系。但是我灰暗的心却突然颤抖，就像一重厚厚的石门被闪电訇然劈开，幽暗的洞府顷刻间洒进一道金色的光芒。金色的，光芒。这个东西，从童年时代起我就不懂得，现在，我十六岁了，高一了，仍旧不懂。这十六年，我没发生过故事，所以我比小时候没有任何改变。唯一的不同是，小时候可以把自己藏起来，藏在姥姥和妈妈的身后，现在却只能把自己裸露在人群里，强忍着恐惧。金色的，光芒。同学们起初还以为我就是它，因为我学习好啊。但不是。我这个第一名从来都龟缩在角落里，即便我的形象被迫出现在众人的中心，我的心也是龟缩在角落里。就像此时，我被迫坐在台上播音，心却一直想逃开。但是你金色的光芒洒进来了，也闯进来一个轻盈的精灵。这没有什么好解释的，就是你那么一瞥——它也并不是瞥向我。就是那个神态聚集起你一向禀有的美感，在我注意你的一瞬爆发出来。然后，它笼罩在我的头上，将我解放。"美"解放了我，你相信吗？——轻盈健美的身体在和谐中展示着它的青春、速度和力量，而眼神却同时泄露出灵魂的自由、机敏和纯洁，还有浪漫和有趣——让人感觉你是个脑子里有稀奇古怪小花样的人，你会说让人意想不到的话，还会送给人奇迹。安吉，你相信吗？在那一刻，我领略了你的这一切。然后，我意识到自己十六岁了，我也同样拥有着青春。

而我这个十几岁的孩子已经忘记了自己的年岁，无望地忍受着灰色的时光流逝。没有一件事大得足以震碎我业

安吉，哦，安吉

已形成的生命节奏，一个衰朽老人般的生命节奏。它没有起伏，没有颜色。我的记忆是黑白两色，模糊一团，没有声音。我也许看起来和别的孩子没什么两样：一样稚嫩的脸，声音，一样上学，下学，一样吃饭睡觉，甚至是一样乐意举手发言，开会演讲什么的。从小学到高中。再没有比这个孩子的经历更平稳和易于把握的了，她一直老老实实，成绩优异，艰苦朴素，不搞早恋，简直是同龄人的楷模。我知道大家都是这样看我的。我知道我从未跟她说过话的邻班安吉也这样看我。我知道自己就是这样单调，以致我只能成为那些生命丰盈的同龄人的楷模。教导主任在揪住一个梳披肩发穿牛仔裤的女同学时，常常这样说："臭美能顶学习好吗？你什么时候见过静同学像你这么臭美来着？可她是咱县的第一名。"老师在抓住早恋的同学，抓住疯玩的同学，抓住上课偷看三毛琼瑶的同学时，都会把我作为一个不幸的对比对象，一个榜样，一个概念，一个教育制度的胜利成果，来展览。

几年以后，我读到了卡夫卡的《变形记》，格里高利内心毫不惊奇地变成了一只大甲虫，它被观看，被驱逐，它笨重地躲避，它的后背嵌进去一只别人扔向它的大苹果，它难受极了，但是毫无办法。我懂得大甲虫格里高利。我就是大甲虫格里高利——我不知道自己怎么就变成了这么一副样子，可我已经是这副样子了，我无力改变。我十几岁的生命里除了这些黑白展览没别的。除了枯燥的教科书没有别的。我知道可以有一些更有意思的事，比如野游，运动，画画，捣捣乱，说说怪话什么的。我也想过那样做，我也试图开始过。但是刚要开头，我就觉得不对劲，自己移了位，我会在别人眼里显得怪异，我害怕大家怪异的眼神，不，与其那样，还不如忍受灰色的生活更让我自如。尽管无趣，但是不会引起注意。啊我是这样害怕被注意——因为引人惊奇而被注意，以致我宁可闭眼忍受将我吞噬的一切。

但是我发现了你，安吉，你是那样引人惊奇，所有的人都看着你，都为你鼓掌欢呼，都对你无限憧憬，你却若无其事，好像你没听见，好像你已习惯，好像一切都不能把你改变。你继续迈着从容的脚步，走向你自己选择的地方。你的表情是一如既往地漫不经心，似乎没有什么能打扰你，似乎没有什么会惊吓你，你的宁静、活力和自由与生俱来，也永远不会离开。然后就是那随意的一瞥，然后，你进行下一次试跳。

从此我的内心生活改变了，安吉。我所忍受的灰暗的生活不再平静。我依旧打扮得灰秃秃的，依旧是一本正经的平板表情，依旧孤单游荡，没有朋友——我的同学被我的孤僻吓跑了。但是我在内心过着另外一种生活。我在心里规划和描述我的未来——我决定毕业以后就变成另外一个样子，当我有了那个样子的时候我就如何快乐，如何自由，如何拥有爱。当我拥有了那个样子的时候，我就走向你，对你说：安吉，我想成为你的朋友很久了，你愿意有我这个朋友吗？

这个未来支撑我活下来。在学校的每一天，我都在孤独中快撑不住了，想要毁灭，想要死掉，我就用这个未来喂养自己。你这样安吉会瞧不起的。我对自己说。安吉只能跟意志强大的人做朋友。安吉蔑视猥琐的家伙。安吉蔑视胆小鬼。我告诉自己。我要成为意志强大的人，舒展自如的人，有趣的人，这样才配做安吉的朋友。啊做安吉的朋友多么幸福和自豪！邻班的虹和羚多么自豪！她俩总是在上操时和安吉在一起，互相抬杠，打闹，可谁也说不过安吉，她的话来得最快，也最怪，嗔得她俩总要掐她的脖子。我站在不远处，假装看着别的地方，但我的耳朵长长地伸向安吉。我让她的跃动给我的灰色画布涂上彩色。我让安吉进入我的想象之中，成为我梦寐以求的灵魂知己，在那里我和她进行天马行空的交谈。有时我被这种精彩的交谈惊呆了：啊两个人之间是可以这样说话的！如果可以这样说话，那我也是会说和愿意说的！可实际上，我多么不会和人交谈！我佩服那些能说会道的女生，她们扎在一起，总有无穷无尽的消息要发布！我却生活在"必然"之中，永远没有新鲜事可讲。这让我自卑极了。我只有缩在一边，独来独往。有时，我也当众演讲，这是因为，演讲也是独自一人的事，抽象的事。还因为，演讲使安吉能够看见我。我尽量把演讲词句和音调打磨得圆润自然，感情真挚，使它像一封温馨的信，寄自我，抵达安吉。

高中快毕业了，我的同桌需要到邻班同学的寝室去，安吉也住在那儿。我说：我陪你去吧。我们走进那间寝室。安吉躺在二层铺，双脚高高架在被子上。她看见我，眼睛一亮。我在一边听同桌说话，好像等着要走的样子。这时安吉的声音在我头顶响起："你总是这么敏感吗？"安吉说："我们聊聊好吗？"我的心颤了一下，又颤了一下，我的心说：啊，我们就要成为朋友了吗？这么早吗？我还没来得及变成另外一个样子呢。但是我点点头，迫不及待。

夜晚，我们走到操场上去。安吉拉着我的手。我知道我们会成为好朋友的。安吉说。从入学典礼的那一天起，我就知道。安吉说。那天，你代表新生上台发言。你经过我的身边，穿着白色的衣服，一飘一飘地走上台去。那时，我就知道。从你孤独的神情里，我就知道，从你后来被大家传来传去的作文里，我就知道，你是我最好的朋友。我比你自己还要知道你，我永远不会失去你。

安吉，哦，安吉，那个晚上我们才十八岁，那个晚上我们对过去无从了解，对未来也一无所知，但是我们却好像什么都了解，什么都知道。我们的生命就像那晚的月光，纯洁澄澈，浩浩荡荡，向宇宙的深处流淌。那个晚上像一个梦,一个誓言,告诉我们彼此就是未能实现的自己,彼此一生不会相忘。然后我们分手,然后我们远离,然后我们走进各自不同的故事,尝遍各种滋味,似乎一切都是为了这一天,二十七岁的这一天,你敲开我的房门,我们再次相遇。

1998年7月

姥姥

姥姥在九十四岁高龄去世。在她九十四岁生日那天，我不假思索地拒绝了参加她的生日宴，为了能够和丈夫以及我们的朋友一起回到北京——为了上班，更为了那个旅途的愉快和不孤单。我迫不及待地离开了希望我留下来和她吃生日宴的唠唠叨叨的姥姥，心情松弛，如释重负。那一天是1998年阴历四月初八。在阴历五月十八那天早晨5点钟，姥姥像每天一样起床，洗漱，把头发梳得整整齐齐，然后在屋子里走了几圈。半小时后，在轻微的挣扎和呻吟声中，姥姥突然而又安详地离开了这个世界。

接到母亲的传呼时我无动于衷。坐在回兴城的火车上我无动于衷。到家里,面对姥姥的遗像时我依旧无动于衷。我机械地跪下来,遵照妈妈的吩咐,焚香,叩头,烧纸。在众人的注视下,我做不出一副悲痛欲绝的样子,虽然于情于理我都应该那样。我感到心硬邦邦的,甚至有一种罪恶的解脱之感。母亲终于解脱了。我忍不住这样想。我望着姥姥的遗像,跟她活着时一模一样,戴着眼镜,抿着嘴唇,挑剔、高兴而专注地望着我,就像每次我从北京回来,她看我第一眼时的样子。甚至好像她还在病理性地不停摇着头,一如生前。做完这一切,我离开这间狭小的"灵堂"——她生前的卧室,到另外一个房间吃饭。大家都静悄悄的。二舅打破了沉闷的气氛,故作欢愉地说:"实在太突然了。你姥生日那天吃东西还特别香呢。最爱吃肥肉,狼吞虎咽地连吃了好几片。好像几辈子没吃东西似的。这才几天?"这时候,我的泪才默默地流下来。我放下筷子,跑到走廊,拼命地抽泣,空虚之感溢满胸膛。我要见到姥姥,但是我已没地方可去。如果我从北京背回很多的萨其马,她将再也吃不到。如果我长得胖些,或变得更漂亮,她也不再能为我高兴。我还没来得及挣很多的钱,给她过一个与她的高龄相称的生日。还没来得及让她知道,现在我已真的长大,生活挺快乐。甚至我离开家乡以后,都没有心平气和地跟她好好唠一回嗑。我以为这些事都来得及做,只要下回。我甚至有过这种错觉:姥姥会永远活着。因为从我记事时候起,她就是这个样子,现在她还是这样,并且将永远这样下去。让她高兴的机会永远都会有,永远来得及。但现在看来不是这样。

自从我有记忆,就有姥姥的存在。她是一个干净利落的老太太,头总是晃个不停,脑后梳一个小纂儿,裹一双小脚。妈妈上班时,她在家带我。那时我两三岁,家里静悄悄的,姥姥颠着小脚在屋子里忙来忙去,擦洗家里几样粗糙的"家具",扫地,烧水。屋子里没有一丝灰尘。屋地是泥土的,因为年久和清洁,地面的一个个小凸起都亮晶晶的,用鞋底摩擦时发出哗啦哗啦的声音。那时我对姥姥的两个特点一直感到神秘:一是她的小脚,一是她的不停摇头。为什么是这样?这个问题我憋了好几岁,直到我有充分的语言能力问她并听懂她的回答。总结起来对话应该是这样的:

"姥姥,你的脚为什么是这个样子?"

"裹过呗。"

"怎么裹?"

"用布的边儿,把脚心切过,再这样缠住,缠它十几天……"姥姥一边说,一边用手往脚上比画,我想象着白布的边缘像刀一样划过脚心,划出一道伤痕,并固定住,直到柔嫩的足骨弯曲,变形,把脚的中部挤压出一道深深的沟壑,才放开。想到这里我的后背就冒出一股凉气,直到脸上也起满鸡皮疙瘩。

"疼吗?"

"能不疼吗?"

"那时你多大?"

"六七岁吧。"

"为啥那么小就裹脚?"

"人大了脚也大了,还不好裹。大脚丫头找不着好婆家。"

"你愿意裹脚?"

"谁愿意呀。傻子才愿意呢。"

"那你还裹?"

"不裹就挨打呀。小孩总拧不过大人。"

"有死也不肯裹的女孩吗?"

"有啊。等我出嫁以后,听说我们村一个十三岁的丫头就没让裹。她把裹脚布剁成几截,自个儿偷摸跑了。听说是闹革命去了。"

"你为啥总摇头?停不下来吗?"

"这是落下来的一个毛病。你姥爷死后,我天天疑心家里闹鬼,得了精神病。病好了,这个毛病却没好。"

"为什么怕鬼呢?即使有鬼,那也是我姥爷呀,你见到他应该高兴才对。"

姥姥使劲晃头,这次是表示否定的意思。

"你不喜欢我姥爷?"

"啥喜欢不喜欢的,就是过日子呗。"

我一直有这种印象：姥姥是个自豪的老太太。因为年纪小，我无法理解她为什么总是如此自豪。我家既没有什么本领比别人高强的地方，也没有比别人家日子更好过。我家恐怕是我们这个大"向阳院"里最穷的，也是唯一租房的外来户。与姥姥自豪的神情相反，妈妈总是谦卑的表情，看起来很宁静，可我觉得她时刻有不安之感——似乎她时刻担心被外界责问和侵犯，也时刻准备有求必应。在我们这个女性的"三口之家"中，姥姥的权威至高无上，家里的事情都由她做出决定。但我总是觉得——这时我还很小，五六岁的样子——由一个没有文化的老太太掌握我们的方向实在风险太大，如果问题出现，她很难给我们以有力的保护。况且，我知道别的孩子家里都是有文化的大人管家，老人只是被赡养的人，这样看起来，别人的家显然比我们的家强大。这使我很自卑。我不明白为什么沈阳农学院毕业的妈妈——她可是我们兴城县为数不多的大学毕业生之一啊——跟我一样，像个孩子似的对姥姥言听计从，更要命的是，姥姥没有给我智慧的印象，只是她很坚强，很善良，也很严厉，而我觉得这些优点不足以领导我们母女俩安全地渡过难关。如果遇到难题怎么办呢？至于是什么难题，我也想象不出来，但我总是有这点忧虑。

等我长得稍大些，上了小学，姥姥开始给我断断续续讲她这一辈子。我才渐渐明白她自豪感的来由。姥姥生于辽宁锦县（现在叫凌海）的普通农家，似乎有兄弟姐妹——肯定是有姐妹，家境不太富裕但过得去。年轻时很漂亮——她自己是这样说的，并引村中俗语为证："看谁没看够？张家二丫头。"姥姥本家姓张，她行二。从姥姥留下的她最年轻的照片来看，她没有夸大其词：照片上的姥姥已五十多岁，身后站着二十岁的妈妈，姥姥的嘴唇紧闭，形状性感，眼睛很亮，很大，挑战似的盯着前方，由此可以想见她年轻时的神采。这样漂亮的姑娘，自然很多媒婆来说合。她的父母选中姓静的这家，是因为媒婆称这个小伙是个买卖人，家里如何日子好过，姑娘过去如何一辈子享福。姥姥的父母是轻信的人（这一点遗传到了我这一代），没有去静家调查，就做主把女儿嫁了过去。到了姥爷家，姥姥才发现上了一个大当：姥爷家徒四壁，没有一亩田产，应该算是佃农；所谓"买卖人"者，只是姥爷因为家里太穷，急于还债，只好给一个商人当学徒而已。这使姥姥懊恼不已，因此从她名叫"静张氏"开始，就和姥爷有感情的裂痕。但是嫁鸡随鸡，姥姥迅速接受了婆家一贫如洗的现实，并着手改变现状。她练就一副织布的好手艺，织得又快又好。几年下来，她用卖布的钱买下了好几亩地，家里也添置了一些东西。到划分家庭成分时，姥姥家成了中农——如果姥姥不那么能干，也许会使自己的家庭成为更革命的贫雇农阶级。而那些年，姥爷锲而不舍地做着买卖，直到他认为自己的确没有经商才能才罢手，最后他盘算了一下：输赢相抵，没赚一分钱。因为姥爷事业的失败，姥姥在家一直很硬气，丈夫和孩子都听她的号令——江山是她打下的啊。这是姥姥自豪的第一个缘由。

姥姥自豪的第二个缘由，是自己的孩子比同村的任何一家都有出息。她有三个儿子，一个女儿，一个比一个出众：大儿子参加了地质队，成了正儿八经的工人，定居在山东，姥爷也跟着住了过去（由此可见姥姥姥爷感情一般）；二儿子过几年也招工到沈阳，去吃了商品粮；再过几年，三儿子考上了中专，毕业后在兴城的地质勘探队机关当了技术干部。家里只剩下姥姥和读初中的妈妈，太过冷清，无依无靠，就把姥爷从山东叫了回来。但是不久之后姥爷就因患肺结核不治而去世。按照"夫死从子"的千年古训，姥姥被认为应该带着女儿住进某个儿子家。但是姥姥不愿归附到城里任何一个儿子家——因为婆媳之间的天敌关系，她不想让自己以投奔者的姿态出现在任何一个儿媳面前；于是她发挥了自己作为母亲的威力——把最听话最孝顺的大儿子从山东叫回来，让他放弃地质队的工作，回家种田，赡养老母。大舅默默地听从了，不顾大舅妈的责骂哭喊，举家迁回锦县，重新成了贫贱辛劳的农民，侍奉于姥姥膝前。但是大舅回来不久，姥姥由于对姥爷鬼魂的恐惧而神经紊乱，只好和妈妈一起到沈阳二舅家治病，离开了为她而舍弃城市户口的大舅，再也没有回来。(多年以后，大舅在六十多岁悲惨地死去。这件事直到姥姥去世，大家也没让她知道。想起这个故事我就想放声大哭——而这个故事和大舅身在农村日子拮据有关，如果他生活在城里，惨剧就不会发生。)从此妈妈在沈阳读书，考上了大学。于是姥姥又有了新的理想：等妈妈大学毕业，离开儿媳和女儿一起过。妈妈大学快毕业的时候，舅舅的好友——我的爸爸几百里迢迢地从兴城赶来追求她，妈妈提出了嫁给他的条件：必须同意结婚后和姥姥一起过。妈妈那时是个文静美丽的女孩，爸爸按捺不住心中的爱慕，毫不犹豫地答应了。于是大学毕业后妈妈带着姥姥一起来到兴城，和爸爸成立了家庭。姥姥的理想实现了，她又可以理直气壮地过日子，不用再顾忌儿媳的脸色。和其他战战兢兢、大气儿也不敢出的老太太相比，这一点足以让她自豪。

但是两年多以后，奶奶也从黑龙江赶到兴城。爷爷去世了，按照自古以来的规矩，她应该跟唯一的儿子一起过。虽然她还有两个女儿，且大姑夫还是孤儿，但是她一定要按规矩做，她认为只有这样才是模范的人。而且她一直愤愤不平的是：凭什么是儿媳的妈妈而不是自己跟心爱的儿子过？家自古以来就是男人的，如果儿媳的妈妈掌握了家中大权，这个家岂不成了外姓人说了算？就冲这一点，她也要争一争。于是我们的家成了两个老太太争夺控制权的战场。争执的结果是两个老太太各不相让，而她们的孩子也都坚定地站在各自母亲的一边。事情就是这样：只要有一方站在自己母亲的一边，因为自尊和对公平的要求，另一人肯定也会如此，于是恩爱散尽，一场分裂不可避免。但是当时我和哥哥都已出世，爸爸妈妈认为孩子不能缺父少母，于是采取了一个折衷方案：各自跟自己的母亲过，一人带一个孩子，但是不离婚。因为奶奶的正统观念，她要拥有家族的"根"，于是带走了哥哥，而对我这个孙女始终不屑一顾，直到我长大，直到她去世。我最深的记忆是：我上了初中以后（那时因为住房原因，姥姥只好住进三舅家，我和妈妈则"回归"到"爸爸家"），一次妈妈病了，奶奶煎了两个荷包蛋，一个夹给妈妈，一个夹给哥哥，妈妈问为什么没有我的，奶奶笑着说：丫头不配吃鸡蛋。妈妈把鸡蛋夹给我，我一下把它扔在地上。这件小事给我造成很大的创伤，因为那时我还是个孩子，一切自信皆源于大人给我的疼爱和肯定，而那一时刻我的自信被摧毁了。我想：我一定是个卑贱的孩子，否则怎会连奶奶都这样对我呢？从此，我对这位规矩繁多的老太太一直敬而远之。同时，因为是奶奶当家的缘故，我又时刻觉得自己无法不受到她的控制和伤害，而这一切妈妈是无能为力的。

　　姥姥就不同了。她没有重男轻女的观念，甚至可以说是个女权主义者。于是在我和奶奶成为"一家人"的最初时期，我时常怀念与妈妈姥姥共度的时光。那段十三岁以前的单调日子突然变成我的缅怀凭吊之地。我试图回忆一些愉快的场面，以安慰眼前的悲伤，但是很徒劳。记忆里并不曾留存喜气洋洋快乐至极的场面，只有姥姥年复一年劳碌的身影。她颠着小脚买菜，颠着小脚洗洗涮涮。她老是推着一辆绿色小木车去买粮，小车尾部卡有一块黑色小木板，那是我的座位，座位对面的空地用来放米袋。从两岁到四岁，我就坐在这辆小车上跟着姥姥去买粮。我记得一路上很多大人乐呵呵地看着我，他们对姥姥说这个坐在米袋对面的小孩长得真干净，真机灵。姥姥就晃着头也自豪地看着我。坐在小木车上的经历恐怕是我童年时期最明媚的时光。其余的时间，我处在姥姥严厉的管制下，几乎没有娱乐，没有色彩和喧闹。姥姥有洁癖，于是她也不准我玩土，不准我抓地上任何觉得好玩的东西。她独自一人，于是也不许我找同龄的小伙伴一起玩，也不准我把他们带回家。记得小学二年级的一天，我放学没有回家，偷偷跑到同学家里，和她一块儿大吃她家黑皮白瓤的冻梨，姥姥忽然从天而降，出现在我的面前。我没有告诉她我去哪儿，她也从没来过这个同学家，怎么会找到这里呢？我还没有从惊讶中苏醒，后脑已挨了重重的三下。然后她一边责骂我没心没肺无情无义居然忍心把她一个人扔在家里，一边把我推搡回去。后来我问她怎么会找到刘凌梅家，她得意地说：我寻思，你挂在嘴上的同学我一家一家地找，准没跑，我就一路问下来，这不，最后在刘凌梅家找到你。天哪，姥姥简直像个大侦探！其时她已七十多岁，和那双小脚相比，身体笨重得可怕。可是她居然宁可摔倒也要把我拎回家，就像看管小时候的妈妈一样。她的这种冲动为何如此之强？长大以后，我问姥姥这个问题，她说是为了让我陪着她。我接着问：我陪着你令你很高兴吗？她摇摇头，说，我陪着她，既不使她高兴，也不使她不高兴，但是如果我不陪着她，她就非常不高兴。为什么你会非常不高兴呢？我问。我养活你图什么？不就是图你长大了陪着我吗？这就是姥姥的单纯之处——她怎么想的，就怎么说，不会找出一些让我感激涕零的虚伪理由。但我觉得这个明白的答案太过冷酷，让我伤心。后来的事实证明，姥姥并不像她说的那样——当我长大，生活和工作在北京，每年回去看望她时，她都是那么高兴，没有因为我不天天陪她而愤恨。但是在那些假期里，如果我哪天没有去看她，她就仍会像从前一样怒气冲天，头因为生气而晃得更加厉害。她为什么会这样？我的答案是：她的一生都为自己的子孙做出了牺牲，她也就忍受不了他们对她有所保留，有所他爱。她毫无保留地爱自己的孩子，是因为这些孩子**属于**她自己。如果某个孩子没有按照期待报答自己，如果他的独立性使他不再属于她，她就会万分委屈，就会觉得白白付出了"恩情"，因为她没"得着济"（东北方言，"得济"一般指长辈得到了晚辈某种形式的报答）。直到现在，我还能听到一些母亲声泪俱下地对长大成人的儿女们喊道："早知道你这么忘恩负义，当初还不如一把把你掐死！"这种巨大失望背后的真实情感是可怕的。"母爱"和"恩情"此刻并非是天然无私的情感（如果说有"私"的话，它应该只为有益于被爱的对象本身而存在），而变成了一种长期的"感情贷款"，也许有时是"高利贷"。"母爱是无私的"，果真每个母亲都是如此吗？

但是，我又感到，这样说姥姥和无依无靠的母亲们同样残酷。难道她自己不是一无所有吗？一个一无所有的人难道不应该想办法保全自己吗？如果她保全自己的办法是病态的，使无辜的人受到了摧残，那么这是她自己的错，还是一个复杂的整体的错？残酷导致残酷，冷漠衍生冷漠，罪恶繁殖罪恶，每一个空白的个人，哪怕像姥姥这样沉默卑微的个人，在受到摧残时都会无意识地变成了一个摧残者，在她力量所及的范围之内，她施加给她所爱的人以她曾经承受过的东西。不，这不是报复，只是因为她以为这一切都是好的，因为在她被人这样对待时，她被告知这是好的。她相信这些。孩子老老实实干干净净规规矩矩是好的。不乱跑能听话是好的。忍受无趣寡淡没有奇思异想是好的。不讲究穿着不"臭美"不引起别人的邪念打扮得灰秃秃平板板是好的。永远守在父母膝前尽忠尽孝是好的。服从他人和克制自己是好的。这是姥姥从她的上辈人那里全盘继承来的价值观念，也许是她生命中被灌输的最主要的"文化"。她没有别的途径接受更迥异于此的文明，她敞开生命迎接的就是这些东西。于是她把这些东西一点一点传授给妈妈，后来，传授给我。

姥姥不用言传，而用身教。她用行动来给我划出边界，就像孙悟空用金箍棒划出的圆圈，一旦我一只脚迈出圈子，就有烈焰火舌蹿出，吓得我不敢走出半步。姥姥用偶尔的打骂、呵斥、盯视、不悦的脸色使我明白我不该做什么，该做什么。我不该做那些我感到有趣却"没用"的事，而应该做那些虽然无趣却"很有用"的事。比如我和小伙伴们无拘无束地疯玩，就是没用的事，我要养一只被人抛弃的小狗也是没用的事；而待在家里哪怕和她相对无言什么也不干，也是有用的事，帮她做做家务更是有用的事。我一向是个急于让人满意的孩子，在我们的三人世界中，还有什么比让姥姥满意更重要的事情呢？于是在我十三岁以前的日子里，我慢慢地只做姥姥认为应该做的事，杜绝了她认为不应该做的事。以至于在姥姥鞭长莫及的地方，我也遵守这一戒律。不是我从心里愿意，而是那些戒律已形成我的习惯，一旦离开这个习惯，我就不知所措，无地自容。慢慢地，我的快乐、自由和个性的河流枯竭了。或者，对于这三种事物来说，我的心灵从一开始就是一片荒漠。如果说在我后来的岁月里慢慢长出了一点儿这样的东西，那只能是我比较幸运的结果。而我认识和听说过无数幼年家庭不幸的孩子，他们长大以后继续沿着那个扭曲不幸的轨道滑行着，走向寂静，走向孤独，走向绝望和毁灭。他们总是带有孤僻木然的特征，与快乐的人群格格不入，似乎是他们主动远离了众人，其实他们比谁都渴望友谊，渴望善意和交流。但是正常而快乐的人们嫌恶他们，掩着鼻子绕道而行——是啊，谁也没有义务充当慷慨好施者，向自己并不喜欢的人施舍友谊和同情，谁也不应该对他人有所指望，而只能通过自己的努力跨越深渊。但是，对于这些分外敏感的心灵来说，他人的嫌恶是他们继续沉沦的推动力。我不知道这些不幸者都是在何种成年人的教育下长大，但是我知道他们所接受的教育都是剥夺自由和快乐的教育。他们幼年的氛围残酷，寡淡，麻木，充满大人膨胀而无理性的强制。在他们还是一张白纸的时期，他们毫无防备和选择地形成了这种注定不幸的生命原型。如果他们没有获得健康的抗争力量——这种力量来自对另外一种充满人性和快乐的文明的渴望——他们的一生都将被这个该死的原型毁掉。传播这个原型的人，既是害人者也是被害者，他们行动的结果令人憎恶，他们本人却令人同情。在我长大以后，在姥姥活着的时候，我曾一直以为，姥姥充当的就是这样的角色。

但是现在，姥姥不在了。我上面叙述和分析她的文字如此冷静，以致使我感到自己的冷血和罪恶。我是在她的抚养下长大的，她和妈妈一起，为我的吃饭、穿衣、起早上学、生病吃药，耗尽心血。我的眼前仍晃动着她颠着小脚摇着头不停忙碌的臃肿身影。我仍能看见她戴着一千度的老花镜定定看我的关切神情。她深深地看着我，对妈妈说：红梅又发愁了。这孩子老发愁，应该到医院看看。她听广播，听到有关心理调节的专题，很兴奋，对我说：红梅，你有"脑烦"的病，匣子里说这是个病呢，你应该好好看看。那时我已十五六岁，不和姥姥住在一起，幼年的封闭终于演变成青春期极度的心理抑郁，暴躁，孤僻，脆弱，自卑，我觉得姥姥这个最亲近的人的关心，对我是那么多余，无用，不着边际。我大声吼道：什么"脑烦"！你才"脑烦"呢！我干嘛找人看病？我就是这个德性！你看我别扭吗？那你就别老让我来看你啊！姥姥惊愕地看着我，半天没有说话。这个厉害的老太太，这个我小时候稍没礼貌就要教训我的老太太，低下头去，用衣袖擦了擦眼角。她大概感到，我这个没有快乐的女孩，比她这个无望的老太太更加无望。她只需安稳地住在温暖的家里不慌不忙地等待死神的到来，而我却还有那么漫长的道路要走，就凭我这个样子，我将忍受多少苦楚才能走到生命的尽头啊！这时她对我的担心胜过了我带给她的伤心。于是她更加坚定地听广播，对心理卫生的节目倾尽全力，然后她磕磕绊绊地向妈妈复述，命令妈妈照她说的来治疗我的疾病。

此刻，我望着姥姥的遗物发呆。那是一件深灰色带大襟的棉布外罩，姥姥穿了很多年，褪了色，两只袖子的臂弯处还有两块布连接的痕迹。我想起整理遗物的那天，大家把姥姥所有的东西放在一起，有两个银手镯，一串"驱邪"和挖耳朵用的小小的银质"七星剑"挖耳勺，以及两条小褥子和小被子，几件旧的内衣、毛衣和外罩。只有这些。除了手镯和"七星剑"，其余的东西都要烧掉。姥姥在世上的痕迹，就要在顷刻之间彻底消失。这就是一个生活了九十四岁的生命？这就是生养了四个孩子子孙满堂的姥姥？这就是抚养我长大的坚强又爱管闲事的姥姥？这就是给予我深重的恩情与创痛的人？这就是我曾经相信她会永远活着的人？这就是她留下的？……

我抓住这件深灰色的罩衫，放进口袋里。这是姥姥生前几乎天天穿的衣服。几乎她的每件衣服都是这种颜色。我要留着它，就像姥姥还在我的身边。直到这时，我才知道姥姥的衣服是这么少，这么旧，我直想哭。姥姥活着时，因为行动不便从不出门，就不要任何新衣物。妈妈给她买了一次，她几天没有跟妈妈说话。于是我们就都很听话了，再不给她买衣服。但是，这些洗得发白的寥落的布衣服却把我的心揪紧，告诉我九十四岁的姥姥得到的爱太不够，太潦草，她潦草地对待了自己，我们也尾随着潦草地对待了她。也许我们也没有不潦草地对待自己。我们就这样潦草下去，直到把生命熬到尽头了事。九十四岁的痕迹应该堆满好几个房间，应该每个物件上都有一个故事。我们应该一边整理它们，一边叙述主人的一生，以此完成对她的祭奠。但是，这么快，大家都默不作声，似乎在急于把这件多余的事办完，然后开始自己崭新的生活。这些破旧而重复的物件，似乎在告诉大家，它们的主人是一个没有故事的生命，一个不值得留恋的生命，一个长还是短都无所谓的生命。而这个生命就是抚育我也伤害我的姥姥，就是无人为她的生命见证的姥姥。

我把姥姥的衣物叠好，包起来，和亲戚们到荒凉的大路口上去。其时已暮色四合。依据我们那里的习俗，我们应当在这样的时间和地点烧掉姥姥的遗物。三舅点起了火。空气里一股焦煳味，火苗微弱，但毕竟使夜明亮起来。不知为什么，我忽然想起姥姥去世前讲给我的另外一件事。

那时姥姥还是一个年轻的姑娘。有一天，一个同样年轻的小伙子来到她家，拜见她的父母。他说他是河北的一个买卖人，他是来求亲的，想娶张家的二姑娘为妻。你怎么知道要娶我家老二呢？我们并不认识你，你好像也不是村里哪家的亲戚。姥姥的父亲说道。因为……我在村里住的这几天，老是听人说起二姑娘。小伙子腼腆地答道。说起什么？姥姥的父亲大声问。说……您家的二姑娘长得俊俏，好看。小伙子的声音更低了。这时一直在里屋偷听的姥姥按捺不住心中的狂跳，大大方方地走出来，经过客人坐着的堂屋，走到院子里，去看晒在外面的被子。在她跨出门槛的瞬间，她假装朝客人这边扭扭头，甩了甩辫子，她的目光与那个年轻男人的目光霍然相撞，她看见他含笑的倾慕的眼睛。姥姥感到脸上很热，站在屋外的太阳底下有点发晕。忽然她听见父亲在屋里拍案大怒：你就是冲着这个要娶我家姑娘啊！我怎么能把闺女嫁给你这样的花花肠子呢？抱歉，我不能答应你。小伙子满面羞惭地走出屋门，走出院子，在他最后跨出院门的时候，他又深深地看了姥姥一眼，往下拉了拉头上的礼帽，转身而去。在姥姥去世四个月以前，她以九十三岁的高龄对我讲起这桩七十多年前的往事，那一瞬间的往事。那个小伙长得帅吗？我问。长得挺好的，以后我再也没见过那么帅的男人。嗯，寰还能和他比一比。姥姥说。寰是我的丈夫，姥姥非常喜欢他。我终于知道了姥姥为什么喜欢他。姥姥讲这件事时，躺在床上，闭着眼睛，表情平静，她不知道把一个瞬间铭记七十多年是一个奇迹。七十多年里，她发生了多少事？她的如花的容颜要经受多少摧残才变成如今的皱纹满面？她的热烈的心承受过多少煎熬才变成现在的干如枯井？不，她永远都没有干如枯井，她一直在用生命中唯一的明媚来滋润一生的枯萎，一直到最后的时刻。

我还记得她每天都兴致勃勃地艰难地走到阳台上去，看看阳台上的花，看看楼下一成不变的风景。在我看来，那些是一成不变的，但是姥姥总有新发现。她要告诉我建筑工地又新添了几个小伙子，谁谁走路的姿势是多么的逗，谁谁的媳妇新穿了一件大红外套是多么的漂亮。每当我又要离家回京的时候，我都会看见姥姥的摇摇晃晃的头出现在北阳台上，我就冲她招招手；等我走到南面时，我又看见她锲而不舍的摇摇晃晃的头出现在南阳台上，我就又招招手，冲她微笑。我看见她默默地看着我，就像一尊摇晃的雕像。

　　我从不知道姥姥的一生发生过多少故事，我没有问过。我想，她也许就是没有故事的罢。关于姥姥，一切似乎都已经结束了，忘记了，消失了。一切似乎都从未存在过。在思念姥姥的日子里，我并不回忆，无法回忆，于是只能想象她年轻时的样子。想象她和那个倾慕她美貌的小伙子一起，走在北方乡村五月的田野上，脸上是灿烂的笑容。

1999年2月

可怜她只是一个小小的猫咪

本来我并不敢养猫。多年前高中时代养过一个月的小猫，爱不释手，却有一天猫咪走失，使我足有三日以泪洗面，于是决心从此再不养猫。还有一重原因：我的丈夫和婆婆都不喜欢猫，婆婆又和我们住在一起，因此成家好几年也没见猫的影子。但我终于还是下了决心抱来这只小猫，是因为有一天，那可怜的"争自由"的思想突然在心中蠢蠢欲动：整日"自由自由"地挂在嘴边，却连自己养只小猫的自由都不能有，岂非言行不一，可悲至极？于是我对我的坚决反对养猫的丈夫说：你总不能让自己老婆做个言行不一的知识分子吧？想来我们都何等鄙视这等小人，到而今却因为一只小猫的缘故自己也栽在这里，岂不为天下笑？——虽然我是个小人物，天下之大谁知道我是谁？更谈不上"为天下笑"了，但丈夫还是认为我说得在理：虽然天下人不知道咱是谁，可咱自己得严格要求自己，于是只好赞同。于是我们就把这只小猫欣然抱回家，一进门，丈夫对婆婆道："给你抱来个孙女！"婆婆笑看了这纤弱的小动物一眼，什么也没说。

猫咪抱来的时候才一个月大，只有一拃长，毛色品种毫无惊人之处，只是普通的黑灰与浅褐色相间的虎皮纹中华田园猫，但从鼻子到肚皮都是白的，一下子就有了娇嫩可怜的外貌。要猫之前朋友问："有什么要求？"我说："只要不是黑猫就行。""品种呢？""不讲品种，最普通的小猫就可以！"我不喜欢"养宠物"的说法，更不喜欢"养宠物"还讲品种，这和领养小孩一个道理。于是2001年7月30日这天，我有了一只看起来最普通的小猫。但是我觉得她最漂亮。

先是得取名字。我不喜欢给猫取十分雅致的名——什么"楚楚"之类，太雅致，喊起来不能表达我那爱她的暖融融而迫切的心。我想叫她最通俗的称呼"宝宝"，这个词叫起来时心里涌起的喜悦和因爱而荡起来的心痒之感，最合我的意。可是老公二弟的孩子我已叫她宝宝了，若这两个孩子同时在我家里，便不好区分了。叫她"乖乖"也很贴心的，但是朋友的猫咪也叫"乖乖"，实在有抄袭之嫌。后来我观察到小猫有一习惯：睡觉时专喜欢睡在沙发缝中间——不是睡在横缝里，就是夹在纵缝里。我家的布艺沙发缝儿较宽，而猫咪又实在是小，小身体刚好嵌进缝里面，她又喜欢仰面睡，四肢像人似的垂放着，有时两只前爪还蒙住小脸，如人以手捂脸，十分憨态可掬。遂给她取名"缝缝"。然后是确立家庭关系——我和她以母女相称，其他人则依此类推。

俗话说"老公是人家的好，孩子是自己的好"。对待老公，这话不能让他听见；对待缝缝，我的心情就是如此——永远觉得自己的猫咪胜过世上任何一只别的猫咪，不管你是波斯猫，还是俄罗斯蓝猫，还是什么价值连城的××猫，我看总不敌我家缝缝天资聪颖，活泼有趣。在我眼里，她的一举一动都属"异秉"，一颦一笑都别有深意，以致一有闲暇，我就会在她后面亦步亦趋，大呼小叫，而丈夫此时便大呼后悔："你看看，你看看，养一只猫咪的精力，足够养一个孩子！我们生个孩子吧？把猫咪送人！"我很高兴他终于能把动物和人等量齐观了，但他也只是在"猫和小孩给我们带来的麻烦是一样的"这个意思上来"等量齐观"而已，最终的结论仍然是："那还不如要个小孩呢？"因此我机警地表扬了他观念上的进步，同时坚决地拒绝了他要把猫送人的企图，并与他打赌：如果我讲出一个好的故事，你就不再表示对缝缝的恶意，如何？他点头称是，于是我讲道：

从前——也就是二十多年前吧，有一个总喜欢说谎的小男孩，经常被严厉的父母打骂。——这么说，这个男孩不是父母亲生的咯？——不对，他的确是这对父母亲生的。——那为什么他老是被打骂呢？——因为他总是说谎。——那他为什么老是说谎呢？——因为他总是被打骂。——那什么时候是个完呢？——没个完。——那怎么办呢？——忍着呗，凉拌。

"等我长大了，就一切都好了，我要长到三层楼房那么高，再也没人敢欺侮我。哼，我的爸爸也就只到我的腿肚子，见了我就吓得发抖，他只会对我说：'孩子，我再也不打你啦！我从前也是不该打你的呀！我做错啦！'我呢，我就对他说：'现在已经不是你还打不打我的问题，而是我到底还打不打你的问题。看在你是我爸的面子上，我就不打你啦！快从我这儿走开吧！'他吓得灰溜溜地走开了，从此再也不敢正眼看我。"男孩跪在阴暗的小屋里，恨恨地想象着。他的小屁股刚刚被父亲的大脚踢过，还在热辣辣地痛呢，他的膝盖也因为下跪一小时的命令而酸楚。但是这热辣辣的想象已经足以抚慰他的一切痛楚，他本来打算流出的眼泪也一下子流了回去，脸上露出了欢欣鼓舞的表情。这时候他的父亲刚从外面走进来，看见他没心没肺的高兴样子，不禁怒从心头起，抬手就是一耳光，然后数落道："我狠狠地教训你，就是希望你成材，长大了好给爸爸妈妈报仇！让那些欺侮过你爸爸妈妈的坏蛋，将来因为你的缘故而见到我们就瑟瑟发抖，膝盖发软！就像你现在见到我就瑟瑟发抖，膝盖发软一样！爸爸妈妈的生活就是毁在这几个畜生的手里，不报复他们，我们一辈子都不甘心！报复他们的希望就寄托在你的身上，可是你不争气，永远都没长进！你总是东游西荡，净发展些没有用处的爱好，喜欢些没有用处的东西！总是做错事，总是说谎！我见到你这样，就压不住心中的火气！就忍不住要打你！如果你把所有的心，都用在于将来有用的事情上，做个听话的孩子，学习好的孩子，争到一个好的前程，爸爸妈妈就不会再打你！因为你会实现爸妈一辈子的理想！我们是爱你的，是担心你的将来的，这些你一点都不知道么？"

这少年一个字一个字地听懂了父亲的话，终于知道自己受苦的原因，乃在于那几个他不知道他们是谁也不知道他们究竟干了些什么的坏蛋，于是那受到暴力伤害的小心灵就一下子转移了愤怒。他想，这一定是个血海深仇，他一定要照爸爸说的做，他一定丢掉他所有没用处的爱好——比如画画，比如搜集烟盒，比如养鸽子，比如买连环画……投身到他一向很厌恶的学习里面去。这时候他才注意到，他的父亲原是得了很重的心脏病，已经衰弱不堪了。对于父亲死亡的恐惧与想象，从此常常侵入他的梦境，取代了他以前关于蜻蜓、蝴蝶和鱼的梦。他曾经梦见自己是一条鱼，从他阴沉的父母跟前游开，自由自在地游进一望无际的大海里去，游，永远都不回来，只向前面色彩斑斓的鱼群游去。但是现在他的梦境完全改变了。他总是做关于捆绑的梦，战争的梦，抢夺的梦，小动物被利齿撕开的梦，每个梦都鲜血淋漓。有一次他梦见自己被一个魔法变成了一只灰色的老鼠，被一只黑猫追得抱头鼠窜，最后还是被它摁在爪下。黑猫盯着他，眼睛在夜色里闪着绿火，张开嘴，白色的尖牙齿向他伸来。"啊——"他大叫一声，在深夜中醒了过来。睁开眼睛，他又"啊——"地惨叫，因为果然有一只来历不明的黑猫，在黑暗中坐在他的身上，向他眨着发出绿光的眼，并以爪子抓挠着他的脸。

猫是邪恶的动物，否则，它的眼睛为何会在深夜里发出鬼火一样的绿光呢？其次，猫是没用的动物，它既不能像狗一样看家，也不能像猪一样卖肉，更不能像鸡一样生蛋，就算它能抓老鼠吧，可现在哪里有老鼠让它抓呢？所以，它有什么存在的理由呢？这个少年因为那一次梦境的创伤，对猫有了根深蒂固的恶意，于是他把这恶意又总结成说得出口的理由，随身携带在他以后的岁月里。直到他娶了妻，直到妻想要养一只猫，直到猫来到了自己的家，这些理由便又和过去的记忆一起死灰复燃起来。他看见一只猫，便会看见自己的悲惨的过去。而最悲惨的过去在于，当他长到足够大，他便问他的妈妈（他的父亲已经因为心脏病而去世几年了）：那过去的仇家是谁,他们做了哪些对不起我们的事?我要考一个将来可以当官的大学,毕业后好回乡整治他们。妈妈说了那几个人是谁——那是几个管人事的小官;说了他们做过的事——在爸妈结婚以后,不管怎样申请,他们就是让他俩在说短不短、说长不长的距离分居两地,以致有时爸爸要骑几个小时的自行车回家,住一晚后又骑几个小时的车回去;在全体都涨工资的时候,他们就是不给大学毕业的爸爸涨,以致爸爸在忍受着贫穷的煎熬的同时,还承受着被打入另册的屈辱。——就这些么?——就这些。

多年以后,这当初的少年感到生命的绝妙的讽刺。——就是这么几个微不足道的小人,做了今天看来这么微不足道的小事,就把他父亲的命送了去,把他的母亲变成一个充满仇恨的人,把他的记忆染成绝望的深灰色,把他的生命变成毫无生趣的早熟。他那酝酿了许多年的很有审美价值的悲壮心情,一下子化成毫无美感可言的尘埃齑粉。他想:为什么会这样呢?为什么会这样呢?一切都是那么没有价值,没有美感——生命,死亡,仇恨,恐惧,悲伤,快慰,梦想,现实,以及这一切的源头,都是那么卑小得说不出口,那么莫名得毫无根由。你说那几个毁了父母生活的人有什么其来有自的害人的原因吗?真的没有。他们也一定这样地害过别的人。你说他害那别的人有什么其来有自的原因吗?真的没有。也许他们自己也这样地被害过。害人和被害是否已经变成他们心灵的不可或缺的习惯？就像仇恨已经变成父母亲的心灵里不可或缺的习惯？或者就像猫总是习惯于寻找啮咬之物，刀总是习惯于寻找砍切之物一样？是的，是的，就这么简单，一切就在这么简单、这么无趣、这么无价值的缘由里毁掉了。死去的父亲不再复生，灰暗的时光不会倒流，母亲的那因为仇恨而加深的皱纹不会抚平，自己的满是暴戾和恐惧的童年也不会重过。一切最珍贵的，一切最应该美好的，就这样毫无缘由地毁掉了——毁灭的时候毫无声响，凭吊的时候没有去处，想讨还的时候找不到欠债者，要痛哭的时候觉得可笑……

这真是惨痛的过去。他想斩断一切和过去的关联，而这只突然闯进自己家里的小猫，却让他不能够。

我的故事讲完了。寰点点头，沉默了一会儿，说：故事是不错，你好像在讲我。只是我不喜欢猫，并没有这么深刻的原因呢。我只是不喜欢而已，我只是嫌它扰乱了我们两个亲密的生活。

我说：我知道是这样。只是为了减轻你不喜欢缝缝而给我带来的伤害，我一定要找到一个说得出口的理由，否则，我该怎么原谅你呢？而如果不能原谅你，我又怎么能恢复快乐的生活呢？我的生活便被毁掉了，仅仅因为一只可爱的猫咪。如果一只小猫咪就能毁掉我们六年的生活，我会多么恼恨自己的昏聩！

寰定定地看着我，笑了起来：你真让我感动呀，居然这样誓死捍卫你爱的东西！

我说：不是东西！是缝缝！

哦？你也说缝缝不是个东西？我看也是！那咱马上把它送人吧！

你敢！我立刻河东猫吼，如母猫护着小猫。

缝缝对她的妈妈爸爸之间激烈的战斗浑然无觉。因为刚吃完我给她切的鸡肝，她正在精力充沛地与一只弹簧老鼠作战。玩累了，她便坐到窗台上去，出神地向窗外的四环路上凝望，其神情俨然一位世界上权力最大、身份最高贵的主人。

2001年9月8日　北京稻香园

在9月中旬的某一天，我忽然觉得自己的心苍老了起来，连步履都透出中年女性的持重，大概与几十天来以"缝缝之母"身份自居有关。遂对寰和他的母亲宣布：我不当缝缝的妈妈了！我要做她姐！其他人依此类推！并列举了如下好处：1. 我和寰会感到重获了青春；2. 寰多了一个小姨子，可弥补他一直没有小姨子的情感缺憾；3. 免得每当我对缝缝说"爸爸如何如何"时，他不友好地大吼："谁是她爸爸？！"

可怜她只是一个小小的猫咪

但是婆婆不同意自己做缝缝的阿姨，认为自己已经六十来岁，只做一个仨月猫娃的阿姨实在有失身份，还是做奶奶为妥。我觉得也是，遂确立如下原则：各论各辈，不必一统。

10月底，我的父母亲来京。我和缝缝的对话中便涉及"姥姥""姥爷"的话题，父亲听到便提出抗议："我才不当猫姥爷哪！你还是赶快给我们生个真孩子，让我们当个真姥姥、真姥爷吧！"父亲的这种态度和他对缝缝的不以为然有关，他认为缝缝既没有洁白高雅的毛色，又不是什么名贵品种，正面看起来尚可，后面看简直就是一只驼色的大耗子。可是与她相处两天，父亲即被其天真聪慧打动——尽管她不是可恨地把线团骨碌在地，就是要野性发作咬人一口，但她总是跟在人后、对我们的一切行为都深加探究的好奇表情，谁也无法抵挡。于是父亲很乐于当这个"猫姥爷"了。吃完晚饭，父亲总是坐在椅子上，怀抱小腿乱蹬的猫咪，一阵一阵地喊着："缝缝儿！缝缝儿！"有时，他转过身来，由衷地对我说："这个缝缝儿，嘿嘿，这个小缝缝儿！"

2001年11月5日补记

三年前，婆婆有了自己的房子，家里就只剩下缝缝、缝缝姐和缝姐夫三个人。大了，她已懒得多了。婆婆也变成个爱猫的老太太。每次去看她,她都会问:"缝缝咋样?"听见我说"挺好的",她的脸上便会浮现深深的笑纹。

2006年7月9日再补记

2020年10月27日下午3点25分,陪伴我十九年的猫女儿缝缝,因肾衰在芭比堂动物医院康普利德分院去世。

2021年5月12日最后补记

俊蔚

这个十四岁少年的名字我居然忘不掉。不，将近四年过去了，俊蔚如今已十八岁。十八和十四的区别就像长翅膀的蝴蝶和蠕动的幼虫之间的区别，如果幼虫永远长不出翅膀，那可怎么办？对于俊蔚的十八岁，我一直有这样的担忧，所以我不敢想象。而他十四岁的笑声却依然响在耳边，那还是一个快活的年纪。

在俊蔚快活的年纪，我成了北医三院住院部的11层22床，住在他的隔壁。那是1995年3月下旬。刚住院那几天，每到午睡正酣的时候，我都要被一阵雷鸣般的哭声震醒。哪家的孩子在哭？大人也不管管。病友回答说：是李俊蔚，一个台湾的男孩子，得了先天性鱼鳞病，在这儿长年包房治病。父母都在台湾，这里只有一个保姆照料他。多大了还这么哭？我气愤地嘟囔。咳，都十四了，长得却跟七八岁的小孩一样。也难怪他，摊上这么个病谁不难过？病友的语气充满同情。我不知道什么是"先天性鱼鳞病"，只觉得这个声源甚是讨厌。

这天，我换药经过李俊蔚的房间，着实被吓了一跳。一个瘦小的男孩站立在门口，背微驼，梗着脖子，穿着一身薄薄的棉布花睡衣。而我那时还穿毛衣毛裤呢。古怪的是他的脸。这张圆脸上结满透明的黄痂，还有丝丝血迹渗出，甚至还露出粉红色的嫩肉。脖子上也是这样！他抬手擦了擦鼻子。天哪！那是什么手！简直是鹰爪！我甚至看见白花花的角质物就长在他的双手上！这个男孩骨碌碌转动着圆圆的大眼睛（只有这双眼睛是漂亮的，但是它们未免太大太亮了），看着我，发出低沉沙哑的声音："你是谁？"我的心吓得怦怦直跳，不知该怎样回答。这时他又说："我叫李俊蔚。"他看我不说话，就又对我说："我在这里等我的班主任老师。""你在哪个学校上学？"我问。"一个小学。我上小学三年级。""噢。""我喜欢我的老师。一会儿你就会见到她。"正说着，一个四十多岁的女人从走廊尽头走了过来，身材匀称，笑意盈盈，轻柔地叫着："俊蔚，又淘气了吗？""嘻嘻，没有，这个阿姨给我做证。"他指着我说。

李俊蔚认为他已经和我认识了。老师走了以后,他就跑到我的病房里来,坐在我床前的椅子上,只轻轻坐了一个边儿。我说:"别客气,坐得舒服点儿。"他摇摇头:"不敢坐得面积太多,我的屁股会疼。"他挽起袖口给我看:"我的皮肤跟你们的皮肤不一样。你们有皮肤,我没有,我只有一层蛋白膜,膜下面就是嫩肉……我生下来就这样。""所以你的身体怕压怕磨?""对呀。我不敢穿太厚重的衣服,不能穿皮鞋,不能坐硬凳子,不能躺硬板床。我还怕洗澡……洗澡最痛了。""那你不冷吗不穿厚衣服?""不冷。我为什么长得这么矮?因为我特别能耗热量,能发热。所以我不怕冷。当然太冷我也要穿棉衣。在台湾我就不用穿。"俊蔚连珠炮似的介绍自己。我看见他的手臂也和他的脸一样,到处是角质物和血迹,心里不禁一凛。

　　但是俊蔚的样子看起来一点也不发愁。他只是兴致勃勃地问我:"你猜猜我的老师?""猜她什么?""什么方面都行。只要你猜得对,我就佩服你。""嗯——她的丈夫一定是个军官。"我调动起我的直觉,开始胡说八道。"咦?真厉害!你怎么知道?你是个女巫吗?"俊蔚瞪大眼睛喊道。"告诉我,你会算命!""是啊,我会算命。""那,你给我算算吧。"他把鹰爪一样的手伸到我面前。

　　"你想知道什么?"我问。

"我的命运是什么样子?"长得像个八岁男孩的十四岁李俊蔚说。

我认真地看了看,然后对他说:"对不起好俊蔚,你的掌纹都给遮住啦,你的命运是个神奇的秘密。我们需要耐心地做些别的事,等待它自然显现。"

"什么时候才显现呢?"

"等你的病好了,茧掉了,命运就能显现啦。"

"那,你说是不是有人生下来就很倒霉的?人有没有不幸的事?"

我觉得对他很难回答,只好狡猾地问:"你说呢?"

"我说有啊。比如说我做错了事让妈妈骂,我觉得好倒霉。"

我深深看了他一眼,他单纯的眼神在游离。这个小孩,这个内心沉重的小孩说话多么会"避重就轻"。

我就叹了一口气,对他说:"俊蔚,其实我这个人怪倒霉的。我有种预感,将来会得一场可怕的大病呢。想起来我就害怕。"

他马上从凄然的神情里解脱出来,一脸的惊慌和安慰:"阿姨,不会的,你没事。有什么感觉你不要想它。不要去想它,它就像没有一样了。你只要想着好玩的东西,时间就会过得很快。"

俊蔚虽然病情超级严重,难倒了所有中外专家,可他一点也不多愁善感，大有举重若轻、与苦难共舞的气概。这个小孩以"超级玩家"著称，顽皮外向得很。他和所有的医生护士、男女病友都很要好。那些严厉傲慢的护士小姐虽和我们横眉冷对，可是见了俊蔚却都笑逐颜开，像宽容的姐姐对待捣蛋的弟弟，提醒他吃药，睡觉，洗澡，换药。台湾来了电话，也唤他来接。至于这一层的病房，则完全对俊蔚开放。他可以随便出入任何一间屋，和任何一位病友聊天，和任何人交换连环画、游戏机、歌曲磁带之类五花八门的玩物。不过也有个别面目凶悍的病友拿他开玩笑，粗声大嗓地吆喝他："李俊蔚，以后不许到我房里来！你身上臭不知道吗？"的确，他因为不敢频繁洗澡，身上的角质物有时会发出不太好闻的怪味。我每听到这样的玩笑，都觉得刺痛。可俊蔚好像一点儿也不在乎，依然兴高采烈地从这屋串到那屋，搜集可能有的全部快乐。他叽叽嘎嘎的大笑声能撑破所有的病房，钻进我们的耳朵；他歪歪斜斜但迅捷异常的身影总是晃荡在走廊上，晃向作为"李阿姨"的我或他的"李姐姐""李奶奶"那里，消磨一阵跳棋、扑克牌或电子游戏；间或跑回去吃他丰盛异常的每日六顿饭，然后沉入不时会发出剧烈嘶喊的动荡梦乡。

俊蔚害怕上学，常常借故逃课——简直不是"常常"，而是"长长"。方法很简单：只需晚上11点睡，早上自然9点才醒。他就对保姆姐姐说："姐姐，我的身上破了，好痛。"那声音属于七岁的男孩，娇娇的，哑哑的，让人心疼。于是他得到了大赦。他不必穿着母亲特制的软毡鞋，在行人怪异的眼光中踽踽而行了，不必去坐硌屁股的木板凳，不必接受老师温柔的抚慰和同学耐心的怜悯了，更不必去做令他头痛的算术题。这一光芒万丈的前景足以使他赖在床上，和他那个不太干净的熊猫娃娃拥抱两小时。中午11点，我们开午饭的时候，游戏明星李俊蔚的早餐开始了——他的保姆姐姐从餐馆给他买来了糖醋里脊或红烧鱼什么的。待他吃饱喝足，便会跑到我的房间里来，兴致盎然连珠炮似的问："你中午吃什么饭？什么菜？吃几两？"

我就拿饭盒给他看：白菜汆丸子，二两米饭。

他咂咂嘴巴，挤挤眼睛，说道："不好吃。再说，这么少怎么够？我比你多吃好几倍，还是很快就饿。"

讨论完吃饭问题，他就要征得我的同意，翻弄我从学校宿舍带来的每样东西：一个手掌游戏机，一个单放机，罗大佑的两盘歌带，几本书，一些糖果，几双没拆封的水晶丝袜。他把书拨弄到一边去，用手摸了摸新丝袜，又轻轻碰了一下我脚上的袜子，触电一样把手缩回去，大叫道："哎呀，我从来没有碰过它，以后再也不要碰！"就又恢复成小孩状，左手抱起游戏机和单放机，右手拿起罗大佑的磁带，说："阿姨，借我玩好不好？"我故意不答应。他急得抓耳挠腮，最后急中生智，说："我给你写一张借条，一定还你，还不行吗？"我说："写吧。"

他那爪子状的手艰难地抓起笔，沉思片刻，歪歪扭扭地写道："如果俊蔚把你的机子用坏了，我就倍你一台机子。李俊蔚。"我把"倍"字划掉，改成"赔"，再指给他看。可是我看他心情很黯然，并没有好好学那个字，大概是觉得我这个人真不够意思，已经是好朋友了，借他东西居然还要开借条，对他一点都不信任。

过了两天，俊蔚把罗大佑的磁带还回来。他指着歌词问我："'玉山白雪飘零'，玉山在台湾吗？"

"是呀，笨蛋。"

"玉山是不是最高的山？"

"是台湾最高的。世界上最高的山峰是珠穆朗玛峰。"我认真地告诉他。

"珠……什么峰在哪儿？离北京远不远？"

"不算太远。怎么啦？"我笑着问他。

"山上是不是有好多雪？"

"对呀。"

"那，它会倒吗？"

"也许会，"我笑起来，"你想干嘛？"

"那，它倒了的话，会不会压到北京这边来？"

我被这天才绝顶的问题逗得捧腹大笑，望着他那紧张不安的小脸，我想，要是上帝看到了多好啊，他定会修改对孩子俊蔚的残酷决定。

"快告诉我,会不会嘛!"他气急败坏地跺脚。

"不会不会。它怎么能忍心把俊蔚压在底下呢?俊蔚还有那么多好玩的东西没玩过呢。"

他这才咧嘴一笑,说了句:"瞎掰。"

俊蔚只要能找到玩伴,就等于拥有了快乐的一天。而他几乎每天都这么快乐。我的同屋病友是一个刚入学的女大学生,俊蔚叫她"李姐姐"。当我沉浸在小说中而"李姐姐"正热火朝天地打着游戏机的时候,这小鬼头出现了。

"陪我玩嘛。"他说。

我俩不作声。

他拉拉我的袖口,又拽拽"李姐姐"的衣襟,哀求道:"李阿姨,李姐姐,陪我玩扑克嘛。"

"用什么作见面礼?"我问。

"三个大鞠躬!"

"鞠吧。""李姐姐"说。

"好!"那穿着花睡衣的小身体欢天喜地地深深弯了三下,于是妙龄的"李阿姨"和"李姐姐"心甘情愿地到走廊上陪这位超级明星打牌。

打了一会儿,俊蔚突然问我的病友:"李姐姐,你喜欢李阿姨吗?"

"喜欢呀。"

"那，她喜欢成为你的朋友吗？"

我心里一暖，笑着问他："俊蔚，我喜欢成为你的朋友吗？"

他低下头来，嘟哝道："就是啊，我不知道，所以我要问李姐姐。"

俊蔚赢了。他唱起歌来发泄他心中的狂喜："阿里，阿里巴巴，阿里巴巴是个快乐的青年，噢噢噢噢，芝麻开门芝麻开门！"一米四的小身躯扭股糖似的乱扭一气，浑然不觉身后的椅子已被挪了窝，多亏叔叔手下留情，没让他坐个要命的"屁股墩儿"。否则他非得在床上呼天抢地地趴一个礼拜不可。

俊蔚又赢了。他看见李姐姐笑靥如花，李阿姨顺手把一块糖塞进他的嘴巴。而离我们不远的地方，几位病友正安详地和护士小姐聊天。走廊里灯光温柔，人声喁喁，像个家庭。俊蔚动情地大喊："世界真美好，这地球千万不要爆炸！"

这个小孩虽然贪玩，但是从来不任性，很敏感，有时识趣得让人心酸。他时而叫我姐姐，时而叫我阿姨，我命令他叫"阿姨"，他就乖乖地叫"阿姨"；他要我陪他玩，如果我说"不"，他便无声地走开，去找别的乐子，这时候我就深悔拒绝了这颗柔弱而充满渴望的心。我说"俊蔚你好笨呀"，他便说"对，我好笨儿"；我说"你好可爱，俊蔚"，他就将信将疑地："我好可爱吗？"

有时他来到我的房间，正赶上我的同学来看我。他们像被怪物惊吓了一样的神情很快被俊蔚觉察到，从此只要他探头看见有人来，就悄悄躲到别的病房去。

但是如果我的男朋友来，他就会很感兴趣地过来凑热闹。他审视地看看寰，然后把手中的彩色游戏机拿给他，说："你会玩吗？"见寰打的成绩并不好，他就自己打一通，指给他看："你瞧，这么一会儿，我就比你的分数高。"然后他就走了，在走廊里发出瓮声瓮气的声音。

等寰离开以后，他跑来问："他是你的男朋友吗？"

"小孩子，问那么多干嘛？"

"哼，他肯定是，"俊蔚说，"他长得挺帅的，是不是？"

"嘿，小小年纪，关心的事还挺多。还不乖乖做功课去！"我凶巴巴地吼道。但是我心里害怕俊蔚的年龄，十四岁的年龄。他的疾病只是给他的年龄化了一个童年的妆而已。他快长大了。这对他多么可怕。

有时，俊蔚给我讲台湾的家人。他说，他有一个上大学还在服兵役的哥哥，很健康很英俊，还有一个漂亮的妹妹，小学快毕业了。爸爸是干什么的，妈妈是干什么的，讲过一些，我都已忘记。他说，爸爸妈妈哥哥妹妹带着他到公园去玩，到游乐场去玩，到郊区的岩溶洞去玩，他见到许多有趣的东西，他很高兴。他一想到那些游玩的地方，就好高兴。他说哥哥在谈恋爱，可是他没见过哥哥的女朋友。妹妹那么漂亮，一定有许多小男孩喜欢她。我细细端详了一下俊蔚的脸，其实他的五官也很好看。如果他是个健康的小孩，现在也到了偷偷喜欢女孩子的年龄。他会把情书写了一封又一封，被老师发现，被要求作检查，可是心里还是按捺不住灼热的狂喜。他是个会讨人喜欢的聪明男孩，他一定有本事让他喜欢的小姑娘同意陪她一起放学回家，如果路过有垂柳和花朵的小河边，他便提议坐下，让她听听他满脑子有趣的怪念头。

但是俊蔚一听见是台湾妈妈来的电话，就会冲着话筒大喊一声："我不要听！"然后"啪"的挂断。

过了二十天，医生告诉我两天以后可以出院了。被俊蔚听见，他就跑过来问："阿姨，你真的要出院了吗？"

"是呀，祝贺我吧。"

"我不。"

"你愿意我跟你一样，也住两年院呀。"

"是啊，阿姨，陪我住两年院好不好？"

"不好。"

"为什么？"

"两年以后你就长大了，不再是现在这样。我喜欢你现在的样子。"

"不，两年以后我也是这个样子。我会模仿！模仿得和现在一模一样！"俊蔚瞪大眼睛说。

我出院那天，到俊蔚的房间告别。他闭着眼睛，好像在睡觉。我唤他醒醒，我说："俊蔚，李阿姨要走啦，你不想再跟她说两句话吗？"他仍旧闭着眼睛，眼皮跳了跳，背过身去。

今天已是将近四年以后。我的家已搬到离北医三院600米远的地方。但是我不敢到医院里打听俊蔚的消息。也许四年的时间里医学的发展突飞猛进，"先天性鱼鳞病"不再是个难题。也许它依旧让人一筹莫展。也许俊蔚早已离开这里，他们也没有他的消息。也许他们有俊蔚的消息，却是我害怕知道的那种……我害怕最后这个可能，所以我不去问。

四年里发生了无数的事情，我结识了无数的人。他们健康。病弱。幸运。卑微。高贵完整。低贱下流。平淡自足。永不满足。他们构成我生活的环境，我需要与他们经常打交道。但是当我独自一人时，一切远去，寂静的声音拂去幸运者的面孔。一个无辜的孩子浮现在我面前。他从未要求来这世间，但是他却无法选择地来了，携带着无法解脱的永恒的刁难。为什么是这样？没有人能回答我。这时我很想知道，上帝是否真的存在。

1999年1月9日

亲爱的徐晓

徐晓个子不高,嗓音沙哑,烟不离手,气度不凡。只要她愿意,讲起话来是娓娓动人的。

初相识时,我夸她:"您可真像杜拉斯。"

她美滋滋的。

熟了,我说:"其实杜拉斯特好色。"

她眼镜框后面亮晶晶的小眼睛迷离了下:"那还真有点像呢。"

我认为,凡能目光迷离者,必为好色之徒。我还认为,作家无论男女,不好色不会是好作家。当然,好色又分两种:贾宝玉型和薛蟠型。前者是好作家,后者是坏作家。

我面无愧色地认为，徐晓和我，都应归于好作家之列。原因是一样的——我们都有一颗宝二爷的灵魂，目迷于色而止于礼。

因了这点志同道合，虽然她长我十七岁，却彼此以"亲爱的"相称，一遇家常烦心事，必相互倾吐和安慰。我没叫过她"徐老师"，急了就喊："徐晓，快开门！"

不管对方年龄多大，她喜欢人家直呼她名。不是平易近人，她只是怕老。

有一次她忿忿然对我说："坐地铁，居然有人给我让座，难道我是老太太吗？！"

还有一次她更不爽："有个记者，把我叫成谁了你猜？"

"谁呀？"

"许医农！"

许医农先生也是位德高望重的编辑家，也身材瘦小，也热情似火，也短发，只是，她老人家七十开外了。

我只好用她们共同的特征来安慰她，然后提升到一个理论高度："也许你和许先生对他来说只是个符号呢？也许他从没仔细看过你俩呢？"

"那更可气！"

哈哈，"女人"二字是徐晓的阿喀琉斯之踵。假如有两顶高帽请她选择："肝胆相照的女侠"，or"有魅力的女人"？她一定毫不迟疑地直奔后边那顶而去。

小女人在行的，她都在行。她爱美，穿的衣服都有点小讲究，风格介于都市休闲和波希米亚之间，以墨绿色和绛红色为主，以在日坛商务楼淘到几百块钱一件的漂亮外套为荣。眼光狠毒，不爱夸人，偶尔夸我一句："你这裙子挺时髦呀！"那准是我花了肉痛的价钱买的。

她会化妆，且对我的不会化妆，很是鄙夷。有一年我在南方得了个文学奖，她也替一个朋友领奖，于是得以同行。下午颁奖式，中午她来我房间检查我的装扮。我穿了条黑色连衣裙，竭尽所能地抹抹脸。她果断把我按在椅子上："这样不行。不画眼睛怎么行。"

"我眼睛不能进东西。"

"那也得画画眼线呀。"

"我受不了眼线笔进眼皮！"

"别眨眼。"她硬擒住我的脑袋，画好眼线，又在眼周不知怎么鼓捣了一番。我跑到卫生间照了照镜子，忍不住哼起歌来夸自己："乌溜溜的黑眼珠和你的笑脸……"

"披上这个。"她把一条黑边黑底、金黄淡粉团花的重磅真丝披肩披给我，和我一起走进会场。"漂亮啊！"朋友们赞道。只要是三人以上场合，我说话准不利落，但那个有她作伴杂念丛生的下午，我过得很是安然。

她是个美食家，无争议好厨子。徐记红烧肉，是宇宙最美红烧肉，其制胜秘笈在于喜怒无常，就地取材。有一回她到一位艺术家家里商量事，顺便做这道菜。没黄酒了，而她的红烧肉是只用黄酒不加水的。咋整？主人还在书房里闲侃，这边来不及采办。只见她一声不响，打开一瓶XO，"哗"的倒进砂锅里，大火烧开，小火慢炖，一会儿工夫，一股反传统的肉香就弥散在餐厅里。

至于徐晓家的情景，常常是这样的：客人们在客厅里或坐或站，高谈阔论，徐晓则一边和小时工在厨房里埋头苦干，一边跟大家伙儿尽情说笑。待饭菜齐备，落座桌边，众鸿儒立刻变得不甚高明，议题常常以形而上始，以形而下终，最后归结为：徐晓，开家"徐记私房菜"吧！每天只做一桌，提前一个月预订！价位定得高高的，人数限得低低的！口碑传播，越传越火！劫富济贫，以少胜多！这样大家蹭饭更没负担了……但经多方论证，最后看清了利害：徐晓一旦专职厨务，受害人是蹭饭的我们呀。于是私欲占了上风，提议终被搁置。

吾虽手笨，却很上进，吃多了她的菜，便忍不住见贤思齐，学她一道。忘了某个细节，立即电话相问。不忙时她挺耐心，若碰上她忙正事，那可要忍受她的呵斥："记性不好，还不记菜谱！你看谁谁谁都是记我菜谱的！"脾气之坏，令人发指。不过只一小会儿，我就忘了。

她的专业主义是极其严厉的。第一次来我家下厨，见我炒菜烧汤居然用同一炒锅而把汤锅闲置一边，就如遭遇世上最野蛮的暴行，涨红脸，一声吼："下回再见你用一个锅炒菜做汤,我就不来了!""哗",把水倒进水槽里。

她固然擅长做菜,可也偶有失手的时候。即便失手,在厨艺小白的我面前依然顾盼自雄。她总是标榜自己如何自卑,至少在做饭这件事上,我没看出来。有一次她教我做荷包蛋炒丝瓜,我正佩服她真有灵感——鸡蛋居然不打散,直接炒荷包蛋耶(后来才注意到,人家饭馆都那么做),却见她"哗"的倒多了酱油,整盘菜瞬间黑乎乎矣。她面不改色心不跳,尝了一口,诲我不倦:"味道还是不错的。记住了,炒这菜不要放盐,只放酱油就好。"此事让我明白一个道理:弱国无外交,爱拼才会赢。

她貌似精明强干,其实晕得离谱。"哎呀!我车钥匙不见了!""哎呀,车钥匙呢?""哎呀,我是不是没拔车钥匙?"每次上车之前,她必在乱成一团的背包里一通猛找。此时我就怒从心头起……转瞬便低头:谁也别嫌谁,我也这样……

两人一起晕,终于晕出点事来。我家新房子要装修,她跑来出主意。"厅里整面墙你可以做书架呀,用石膏做假墙,把大芯板包好了嵌石膏里,又简单,又好看。一会儿你去我家看看,我就是这么装的。"她比比画画,踌躇满志,把背包挂在客厅的暖气片上,跟我进了里间。盘桓一圈,我们兴冲冲欲关门下楼,去她那刚装修好的家。她又开始在背包里找了,这次是:"咦,我的钱包呢?钱包呢？"钱包里有她的身份证和刚领的三千多块钱。大门虚掩，看来是进了人。门外，一个包工头模样的男人坐在隔壁家门口，他说，他没进来，也没见人进来。

于是去派出所报案。警察来楼里查看一番，无果。直等到半夜，给警方留下电话，我们还是开车去她家。"来，看看我的书墙！"进了门，她又兴冲冲起来，带我楼上楼下参观，得意洋洋报账："整个装修才花了不到八万呀。"

"唉，可惜我那房，出师未捷先丢钱，不好意思⋯⋯"她现出不足挂齿的神情：这算什么，某年月，在哪哪，和谁谁，愣是那么丢的，丢了那么多⋯⋯一桩桩一件件听起来离奇至极，借此暗示：相比之下，此乃数额最小、最合情理之丢也，即便不额手相庆，至少也不必介怀啊。

后来，我家书架也用了石膏墙。

有那么些年，她默默赞助一些乡村图书馆。她先联系需要图书的边远单位，然后自己捐款，有时也跟企业主们商谈，他们总是迅速而情愿地把善款委托给她买书捐赠。她到各大出版社买下一至三折的积压经典书，有些出版社尊敬她的用途，索性白送。待书积累到足够多，她就打包邮寄。一个冬日，她问我要不要跟她一起干点体力活，我说好啊，上了她的蓝色POLO。车里塞满了吃她嘴短的"伙食团"成员——不是诗人就是学者，知道要干苦活儿了，都把自己打扮成民工兄弟的样子。整个上午，我们在一间尘土飞扬的仓库里搬书包书捆书，空气不好，很少说话，那种纪律感，勾起我小学冬天时排队到玉米地里割茬子的惨痛记忆。中午去一家小餐馆吃饭，她尽点些炝炒土豆丝手撕莲白之类，请大家吃了个素饱。我暗想，她干这事也有好几年了，才第一次动用我，那之前她得组织多少劳动力呀？都从哪儿找来的呀？后来知道，书太多时她才找人帮忙，平时她都自己干。可是，她腰椎病很重呀。

　　我跟她在一起时多聊些鸡毛蒜皮，这种雷锋型故事若非被我撞见，她是不会说的。因为它们太"感动中国"了？她做习惯了？她害羞？不知道。2008年汶川地震时，我看多了新闻感到郁闷，就拨她电话。她接听得急匆匆，只说我在北川，回头打给你，便无消息。多日之后回京告我，她募了两火车皮的书，我电话时她正在灾区忙着分发呢。"谁让你送书的？""自己呀。""怎会想到送书呢？""某某某在灾区当志愿者，告诉我灾民吃喝不愁，只愁孩子们没书看。"这个永动机一样的女人，那些天往来奔突于各大出版社，一周之内募了几十万册书。书有了，她傻了：怎么运呀？没有机构理睬这事。于是去火车站直接找灾区线的货车列车长，软磨硬泡，终得同意。又发动了几个大学生，把书运上车。联络好北川的交接人，她遂带了一位老友那颇有厌世之心的抑郁女儿，直奔北川。后来我见过这个80后女孩，目光犀利，眼含谑意，似在随时嘲笑他人之伪,大学学的是园林,毕业后无聊游荡,无所事事,北川之行后,准备报考日本的园林专业研究生:"咱这儿的园林忒难看了,我受不了啊,不能老这样啊。"

我暗笑:徐晓做事,真能一箭好几雕——救灾也就罢了,还顺手当心理医生。

丈夫周郿英去世时,徐晓只有四十来岁,儿子周易然——小名娃娃——六岁。听多见多了寡母与儿子相依为命纠结终生的故事,她决定消灭这种悲剧于萌芽状态。从小学开始,儿子就被她送进寄宿学校,只周末接回家。她从不在他面前多愁善感,也绝不引发他的感伤倾向。她更像个斯巴达式的父亲,不动声色地培育他的智识和责任感。不是对母亲的责任感。她觉得对儿子说教——妈妈含辛茹苦多不容易啊,长大你要报答啊孝顺啊——特别猥琐。是一种普泛的对待他人的责任感。徐晓的客厅里,义士高人常年不绝,社会发生了什么,该如何看待和对待一个人,这男孩从小即耳濡目染了。我见到娃娃时他才上初中,一年年见他长大,从娃娃脸,到一脸络腮胡子,戴着帽子,标准的导演相,沉稳,严肃,已褪尽同龄人的脆弱孩子气,成了有担待的男子汉。

多年来,徐晓会不时播报娃娃近况。他高中时,她说:"娃娃组了个乐队,去西单地下通道献艺去了。他们把琴盖盖上，免得行人经过时给钱。他们不要钱。他们只是喜欢唱歌。"

后来娃娃去纽约上大学，暑期回来，带着表弟去西北。"拍片子去了。拍西北一个乡村小学，那儿特穷，娃娃心里难受。"

对儿子的未来，徐晓的态度倒很现实，完全是"穷则独善其身，达则兼济天下"的路数。她要求娃娃先解决好生存问题，再追求他认为的艺术。其实她自己也是如此——她从来都是一边出色地务着正业，一边侠肝义胆。

以上是我从2014年12月8日到20日之间，断断续续写的文字——是11月26日中午之后的日子里，我记忆中的徐晓。二十几天后，我们重聚。

我是个胆怯怠惰之人，走在河边怕湿鞋，想看风景嫌路远，却又偏偏关心世事。我常自问：你与世界之间，究竟是何关系？我有个猫女儿名叫缝缝，无论我洗衣做饭上厕所，她都整日跟着；无论屋里屋外有何动静，她都竖起耳朵。她神情严肃，目光深邃，似乎全世界的安危，都系于她的身上。她也经常表现出走四方的欲望，门一打开，她便一个箭步蹿了出去，试试探探，蹑手蹑脚，还没走到电梯口，就喵喵着像是受了天大委屈似的，颠颠儿跑回家。每当此时，我都不禁黯然想道：我与世界之间的关系，叫缝缝。

在这种叶公好龙的关系中，可以说徐晓解救了我。

我自忖，跟她交往，其实带有某种自我疗愈的企图。不是说徐晓可做我的心理医生，而是，她给我打开了一扇窗，行动的窗。

多年来，我受困于写作与行动之间的矛盾。确有那种行动写作两不误的全能型作家，但我显然不是。我知道，即便完全放下笔，投身于济世行为，我也肯定做不好。我没有这种天赋。我是个吃力的人。分外笨手笨脚的人。多余人。

写作和关于写作的一切思维活动，使我成为无力行动却对行动深怀敬意渴念的人。世上当然有满意于行动力丧失并以此为写作之前提的作家，他／她的自洽也使他／她自信专注，硕果累累。但我显然也不是这种类型。我对创作者在世间所处的旁观位置，深怀罪疚之心，无法摆脱。

徐晓解决了我的难题。她给我讲故事——她的，别人的。简直不是她找故事，而是故事找她。我贪婪地听她讲，这种倾听在自我意识稍强的人那里，是不可接受的。但我没问题。我有一种移情的习惯，视她为另一个自我——那个冒险和行动的自我，那个敢于生活、故事成堆的自我，她是不敢生活、故事匮乏的我的反面。由此，我体验、想象、虚构行动者的世界。

行动与写作，永难合一。对行动者来说，行动就是他/她的写作。对写作者来说，写作就是他/她的行动。我常常以此宽慰自己，为自己苍白而怯懦的生命辩护，忍耐故事与经验的残缺。在伯格曼的《第七封印》里，瘦骑士眼睁睁看着无辜女孩被当作引来瘟疫的巫女，扔上火刑堆。面对教士和群众的滔滔民愤，他未置一词，转身离去，突然思索着女孩灵魂的归属。

这是写作者，广言之——创造者真实的肖像。

2014年12月

他已去到永远的光里

怀童道明先生

童道明先生是个会讲故事的人。开会了,别的评论家说观点,到了童先生,他就微仰起头,缓缓开口,空气里骤然腾起诗意的回忆的负氧离子,沙哑的嗓音像磁针转在老唱片上。会议室静悄悄的,我们都沉浸在这从容轻缓的声音里。童先生的故事讲完了,观点也就说完了——诚挚,善意,洞见,含蓄蕴藉的忠恕之道,尽在其中。

童先生讲述的都是别人的故事,很少讲到他自己。像是急于弥补什么难以忍受的痛憾似的,在童先生离去之后,我去他的文字里找他,找他的故事——权当补上最后那次相约而未能实现的倾谈。

的确找到了一些。我讶然看到，在童先生的记忆里，没有阴沉怨怒的石头，只有爱与感激的花瓣：

七十多岁的时候，他忆起幼年的一个晚上——他突然醒来，发现母亲不在身边，惊恐，从床上爬起，却见年轻的母亲在灯光下悄悄伏案写诗。夜，灯，母亲与诗，在这幼童空白的灵府中刹那间融为一体。这美丽的剪影抚慰了他的一生。成人之后，他一直生活在文学的幸福中，犹如幸福地生活在母怀中。他的文字轻柔温暖，好似母亲的不忍之心。

童先生的姨母很爱他。当他七十八岁的时候，这位几近失智的老太太过一百零四岁生日，儿孙们把满头银发的童先生拉到她面前，考她：这是谁？她立刻回答："我姐姐的孩子。"她经常把童先生的好几本书抱在膝头，别人问她：这是谁写的？她立刻回答："我姐姐的孩子。"

七十多岁的时候，童先生仍记念自己的高中语文老师李慕白——李老师在1950年代的作文课上反对假大空的"新八股"，批评小童同学的作文错字太多，给出便于畅快发挥自由感受的作文题目，提倡"辞达而已矣"……"文革"来临，"右派"李老师和妻子双双自杀。后来，李老师的女儿——演员李婉芬写了部话剧《老师啊，老师》，以父亲为原型，由北京人艺演出。童先生记下了这一切。

他对一部苏联剧本《工厂姑娘》心怀感激。1970年，童先生下放到河南息县的干校劳动，除了四卷毛著和一本语录书之外，还偷偷带去了这个剧本。在繁重而无意义的劳动间歇，他反复偷阅，烂熟于心，遏止不住翻译的冲动。终于趁请假去信阳看病之机，躲在招待所，三天内将它译完。诊断结果出来了——严重的"强直性脊椎炎"，他却毫不在意，只为译出这样的句子而欢喜：

爱情可不是长椅上的声声叹息
爱情也不是月光下的双双倩影

那时，他想出了一个道理：在"文革"里当知识分子是很难的，但让一个已经是知识分子的人不再当知识分子，那可能是更难的。

他想念诗人卞之琳先生。卞先生逝世后，年轻同事张晓强告诉他："卞先生喜欢吃马铃薯片。""为什么？""他喜欢听马铃薯片咬碎时发出的响声。"童先生怔住了，写下一句话："卞先生好寂寞。"这是童先生的心。他能听见别人听不见的声响。那声响静默而疼。

从1980年代中期到2012年，每年的大年初三下午2点左右，童先生都给于是之先生拜年。从于先生任北京人艺院长时，到退休后，到患了阿尔茨海默症，到无知无觉地躺在北京协和医院的病床上，童先生每年都准时出现在他身旁。每当他走进病房时，夫人李曼宜女士都对于先生喊："老童来看你了！"有时于先生毫无反应，有时会有两滴泪，从半闭的眼睛滑落到脸颊上。2013年初，于是之先生逝世。他的灵车缓缓绕行首都剧场一周，向他倾情毕生的北京人艺作最后的告别。这提议，是知交童道明先生做出的。没有什么比此举更合乎于是之先生的心意，也更能安慰世人。"我像爱俄国作家契诃夫那样地深爱着于是之。""能够得到于是之老师的信任，说明我做人还是及格的，因为是之老师能够非常敏锐地发现一个人身上的庸俗。"是的，一个人爱他的朋友可以如此之深，以至于让他成为衡量自己的标尺。

在童先生的感激名单里，有一个被反复提及的名字——拉克申。他是童先生留苏时期的老师，是他唤起了童先生对契诃夫的爱，他的一句临别赠言"童，不要放弃对于契诃夫和戏剧的兴趣"，引领了这位中国留学生的一生——爱恋、研究、传播契诃夫。写《契诃夫传》，翻译契诃夫的剧作、小说和书信，到了晚年小宇宙爆发，身体力行戏剧创作，单是契诃夫题材，就写了三部曲——《我是海鸥》《爱恋契诃夫》《契诃夫与克妮碧尔》，这是童先生的半生。

可以说，若没有童先生，契诃夫戏剧在中国不会如此深入人心。我们对契诃夫戏剧的爱，是伴随着童先生沙哑的嗓音和温暖的微笑的。他的所有言说，重中之重不在那些技巧分析，而在这样一句话："想把契诃夫当作自己的戏剧导师的人，便要把'像契诃夫那样地去爱人'奉为自己的一个道德使命,努力做个善良的人。"他还发明了一句响当当的格言:"善良是一种生产力。"

想必许多文学人并不认同这种关于"善"与"爱"的说教,嫌它太过简单,不能解释契诃夫作品丰富多变的人性光谱,也无法应对普遍黑暗的现代经验。但是,假如你深入研究过契诃夫那使徒般的一生与他的文学创作之间水乳交融的关系,或者假如你从自身的创作中,体会过"善""爱""良心"在人性理解力与想象力上的惊人作为,你就会认同童先生的"善"与"爱"的动力学。因为善能理解和想象形形色色的恶,恶却不能理解和想象哪怕一丁点儿的善。如同"光照在黑暗里,黑暗却不接受光"。(《约翰福音》1:5)

现在,那位一直以爱、以善、以感激、以良心行事的温暖的老人,去到永远的光里了。我很想念他。惟愿所写的文字,能不负他的教诲。

2020年2月13日

穿越黑暗的玻璃

家里有一只带把手的玻璃水罐,一半透明,一半毛玻璃,外壁印着一束红白相间的百合花,法国货,美而厚朴。二十多年了,搬了四次家,打碎了无数杯盘,唯有这只罐还好好的,一直默默盛着水,使我心里安稳。那个送这礼物给我的人,仍在眼前笑眯眯的——他打开简净的纸盒,里头躺着六只娇憨的小杯子和这只憨厚的大罐子:"送给你和小费的,祝你们白头偕老啊。"那时我二十出头,研究生二年级,与寰的恋爱谈得漫长,仍愿彼此相守,于是登记结婚了。于是他送了这精致实用的结婚贺礼。这美而厚朴的水罐,自此便沉默结实地陪伴着我们的生活。我认为它会一直陪伴下去，即使不常看着它，它也不会破碎和消失，就像送这礼物的人一样。反正我是一直这么想的。直到2017年1月15日下午，我被告知：这个想法是不对的。那个人，那个笑眯眯祝福我们的人，我的导师刘锡庆先生，不打招呼、毫无预兆地离开了，破碎了，消失了，永不回来。

跟师母通完电话，视线模糊，茫然大恸，执拗地寻索导师的痕迹。嗯，水罐还在。他的书还在。2011年7月26日与寰一起，和导师师母、宗芳斌师兄一家以及葛海亭师弟的餐后合影还在：每个人都笑呵呵的，似乎未来还有无数这样的日子，想聚多久就聚多久。

我不敢确定自己有多了解锡庆师。我生命中的困惑和痛苦不曾都与他谈起，他与我也未曾。我不知他人生的危机时刻为何，他于我亦不知。我甚至都未对他表达过此种好奇，他于我亦没有。更甚至，身为他的学生，我都未曾深究过他投身多年的写作学和散文学，他于我亦不曾表示过此种期许。二十四年的师生关系，在毫无压力的和风暖阳中度过，连阴天毛毛雨都稀少。一切似乎是过于必然了，就像一部手法老派的文学作品，缺少陌生化，令人熟悉安适而又昏昏欲睡。我对人谈起锡庆师时，会说：他是个德行高洁温厚宽容的好人，我爱他像爱父亲一样。这话里有亲情，也有迁就——他像父亲一样于我亲，于我有恩，他已尽己所能地对学生好，因此我不能要求更多了。"不能要求更多"这句话里，已隐含了对这种过于"必然"的关系的些许疲惫罢。

直到有一天，死亡裂开无法跨越的深渊，陌生化视角突然出现，我才看见，这过于"必然"的师生关系里，那永存于心的部分。

我没看过心理医生，但以我的心理体验和粗浅的心理学知识，可以断定：从初三到大学，我一直患有不轻的青春期抑郁症——绝望，沮丧，自我厌恶，无法与人交往，无法集中注意力，感到被全人类抛弃……但可怕的是：我必须考研。为什么呢？心理健康独立自主的女权主义者必对这理由嗤之以鼻：我的男友寰已毕业留京，他是我与世界之间唯一的通道。只有在他的目光中，我才不那么惶恐，才可以勉强活下去。为了"活下去"，我必须考研，留在北京。不能本科毕业去工作吗？不能，我害怕工作。我也不可能找到留在北京的工作。这个抑郁笨拙的大三女生没有任何选择，只有——"必须考研"。

考谁的研呢？茫然中，想起不久前见到的场景：一位高大魁梧的教授和三位英气勃勃的研究生师兄走在黄叶铺地的银杏路上，讨论着什么。我听不见他们说话，但喜欢他们言之有物的神情，以及这种神情透露出来的无拘无束的精神关系。雅典学园的林荫道上，柏拉图和他的学生们也是这样边走边谈的吧……嗯，雅典学园，我喜欢。

那位教授就是刘锡庆先生，那三位幸运的男生是他的研究生。刘先生没给我这届本科生上过课，但北师大中文系学生没有不知道他的。系里的名教授分两种：一种是名师高足，比如陆宗达先生的弟子王宁教授，李何林先生的弟子王富仁教授，黄药眠先生的弟子王一川教授，启功先生的弟子赵仁珪教授和郭英德教授，等等；一种靠自我修为，比如中国当代文学教研室的刘锡庆教授和任洪渊教授。任教授是诗人，思维奇崛，才气磅礴，教我们这届，直接勾起我的创作欲和对当代文学的兴趣，但我考研这年他不招生。刘教授是学者，他的名望由传说构成：1980年代，他在电视上给全国数百万电大学员授课，他写的教材动辄发行几百万册；他在上海的万人体育场讲授写作课，全场鸦雀无声座无虚席，他则气定神闲举重若轻……我准备考研的1992年，刘锡庆教授已转向中国当代文学研究，但他80年代的光环依然耀眼，令我感到，要想被他从无数考生中注意到，真是需要投胎转世。学兄学姐出主意：近水楼台先得月，你先去认识一下刘先生，让他对你有个印象嘛。如果是坏印象可怎么办……别想它，闭眼去试试，见人总比去死容易些。

大三下学期末，1992年的一个夏日，我强忍恐惧，站在刘先生的家门前。这是我上大学以来第一次去老师家，还是这样一位素不相识却命运攸关的老师。那位高大魁梧的教授来应门了,方脸,笑眯眯,眼镜片后的目光是蔼然的审视。落座,聊了几句闲话,刘先生便问我:本科毕业论文打算写什么题目?

我:关于新写实小说的。(也许稍需解释一下"新写实小说":它是1980年代末至1990年代初,大众读者被先锋小说"看不懂"的形式实验吓跑之后,由刘恒、池莉、方方、刘震云诸作家开启的小说潮流。他们回到"看得懂"的写实传统,但也并非经典崇高的现实主义,而是普通人视角,零度情感,写生活的柴米油盐灰暗琐碎,由此,伪理想主义的道德幻象被打碎,人生被描述为一场场卑微虚无的苟活。)

刘先生:你怎么看这种小说?

我:我觉得新写实小说的人生态度,和中国的道家传统一脉相承……

刘先生:哦?为什么?

我:嗯,我这么想是因为……《道德经》《庄子》和新写实小说让我感到了一种共通的东西……一种否定和取消生命意志的东西,让我感到憋闷。

刘先生:诶,这观点蛮新颖的,还没有批评家谈过,你可以写进论文里。

刘先生接着提起苏童、叶兆言等作家的新历史小说,谈到他们的创作观念:作家不必依赖外部的生活阅历,也不必深究历史的细节,只要他有独特内在的生命体验,把叙事空间"做旧",外化出这些体验来,就是新历史小说了。

他:你觉得这种写法怎么样?

我:这个……这个写法,好像比较适合我这样的人……

他:为什么?

我:因为,因为我也没什么阅历,也没有历史的学问,可我好像蛮有内在体验的……

他被意外地逗乐了。我感到不再紧张,稍稍舒展了打结的神经,继续跟他谈下去:

——老师,为什么我有内在的体验呢,因为我从十四岁开始就每天想到死,之所以强忍着活下来,是因为我还不知生命的甜味,还不甘心死而已,其实我已历尽磨难……

——哦?什么磨难呢?

——不敢动弹,不敢自由,不敢生活的磨难。不知所措自我厌恶一成不变贫乏空洞的磨难。老师,我就像被下了紧箍咒,被一种与生俱来的恐惧攫住,凝固。我多希望有个具体的磨难,能震碎我充满恐惧的生活!因为我是这样地不敢生活……假如我写小说,我就写一个不敢自由的人获得自由的故事。但怎样获得自由呢,老师,您知道么……

——自由……我们这代人也不得自由,但跟你的相比，是另一个故事。你的故事我没有体会，但可以试着理解……

——假如您理解卡夫卡的大甲虫格里高利，您就能理解我……我就是那只后背嵌着苹果、无处藏身的大甲虫……它的路，没有来处，没有尽头，真怕我的生命一直这样下去啊……

我呆呆地坐着，在脑子里，跟眼前这位温和微笑的长者排演神经兮兮的剧本。啊，我是那么紧张、内缩、怕人，却不知为何不太怕他，几乎可以镇定地跟他说话，而且想多多说话。但是，但是我不能太占他的时间，不能太讨厌，我得走了。于是我突兀地起身告辞。他把我送到门口，笑眯眯地："好好准备吧，祝你一切顺利。"

1993年9月，我成为刘锡庆先生的研究生。同入师门的，还有师兄师姐师妹各一枚。平生第一次有了一个小小的精神共同体，我慢慢有点开心起来。我们时常一起到导师家去，开怀大笑，轻松畅聊，锡庆师像个宠孩子的好父亲，笑眯眯地听我们说话，不时地评点几句。我的那个紧绷、自卑而鲁莽的自我，在他那儿变成了"敏感""锐利""真""有才气""有个性"——其实，那是我想成为的，但在他的目光里，却是已经存在的。在他长久创造的毫无苛责、爱意盈满的氛围中，那个抑郁内缩的女生，感到许多温暖和安全。

锡庆师多年被学生环绕，深知这些"长身体"的年轻人有多穷，多馋，于是留我们吃饭。记得第一次开伙，众师兄姐妹都宣称会做菜，我认领了西红柿鸡蛋汤。眼见我把切好的葱花西红柿直接丢进锅中冷水，他一声断喝，救出西红柿，一边把汤做完，一边对我摇头叹息："你这个书呆子呀，女孩儿家不能啥菜也不会做呀，否则你男朋友多可怜呀。"师兄师姐妹的手艺也好不了多少。那顿饭，几乎每道菜都以我辈的咋咋呼呼始，以锡庆师的力挽狂澜终。

　　自此，我们便盼着导师"召见"。其他专业的同窗被导师召见时都会忐忑不安，我们不。如果一个月了导师还不张罗，我们就会嘴里淡出鸟来。于是师兄语重心长地喊上我们："走，去导师家请教一下。"于是我们浩浩荡荡地去"请教"。于是导师再也不让我们荼毒食材，都是师母下厨，我们跟他聊天。于是师母做完满满一桌京味菜，喊我们入座："你们慢慢吃慢慢聊啊，我还有事出去一下。"于是我们心安理得地跟导师大碗喝酒，大块吃肉，抚今追昔，谈天说地，放心地认为师母真的"出去办事"了。1993年到1996年，我们不知在锡庆师家进行了多少顿问学与解馋相结合的"教学相长"。

　　有些聊天给我印象甚深。有一次，锡庆师说某位学生学问很好，只可惜太安于象牙塔中，而真正的文学人，那是要有真切的生命体验和历史经验的,重大的历史事件是应当在场的,别人的转述都是二手的,你只有亲临第一现场,才能看到真实的众生,真实的中国,这样,你才能历练出自己独有的洞察力和历史意识来。因此,锡庆师劝导那位学长离开书桌,到当时的大事现场去观察和感受。"重要的历史时刻,你要敢于在场,敢于做见证——当然,你要尽量保护好自己,别做无谓的牺牲。"他对这位学长说。他把这话重复给了我们。这时的锡庆师不再笑眯眯。他在强调精神创造力的原则。创造的基座则是真。真则带来风险。而他不主张任何回避风险的平安——虽然他爱我们。

有时,锡庆师会对我们谈及一些老先生。1990年代初的北师大中文系,早已不是老先生们的中文系。钟敬文、启功先生还健在,但已不再授课。他们住在师大北边的小红楼里,履行着圣诞老人式的职责——硕士生毕业时,会被允许穿着硕士服,每人单独和两位老人家合影一张,算是这名校名系赠给毕业生的一份临别土产——两位老先生的形象,是唯一一点传统的印记了。给本科生讲课的是中青年教授,从他们那里,很难听到黎锦熙、刘盼遂、黄药眠、谭丕模、穆木天、陆宗达、李长之先生们的旧消息,甚至连名字也不大提起。直到锡庆师教了我们,才稍稍知道一点老先生们的当年事。

锡庆师1938年生于河南滑县，父亲是物理学教授；1956年考入北师大中文系，1960年毕业留校，老先生们的课他都上过。教古典文学的谭丕模先生衣着考究，湖南口音，上课只讲他的讲义里没写的内容，若课已讲完，还没到下课时间他也照样下，绝不走形式；1958年出国访问，他与郑振铎先生一同遭遇空难。这已算是"善终"。王国维先生的弟子刘盼遂先生，衣着打扮像个农民，经史子集无所不通，年轻时著述颇丰，1949年后述而不作，讲课风趣，与人为善，从未树敌。因家住校外，被34中的红卫兵小将抄走所有善本书，并施以打骂凌辱，他的儿女向北师大筹委会求救，领导们置之不理，刘先生遂被头朝下摁在水缸中溺死。以评论鲁迅著称的李长之先生，才气勃发频出新著，只因一篇温和的杂文，被打成"右派"，饱受类风湿病折磨的他，被罚常年清扫厕所和楼道，一趟一趟，一瘸一拐，去倒大便纸；捱到新时期，得以平反和落实待遇，先生却已丧失研究和写作的智力体力，病逝于北医三院……

锡庆师讲这些时，面色平静，语调和缓，时不时会冒出几个尖利的词，那是指向读本科时的自己——"那时我就是个十足的庸众，傻瓜，没头脑，没勇气，冷眼旁观被批判的老先生们，同情，害怕，又觉得挺新鲜"。

我们四人的研究方向，都是在餐桌上跟导师确定的。

锡庆师的研究领域在当代散文，但他并不要求我们跟着他研究散文——一切只需凭自己的兴趣。我和师兄的研究方向是当代小说，师姐研究报告文学，师妹研究当代散文。一次，当我们煞有介事地边吃喝边说"研究"这"研究"那时，锡庆师幽幽地来了句："其实，一流才华搞创作，二流才华才做研究呢。"此话引来一片静默。那您算几流呢……我们又是在做什么……"你们啊，不要整天埋在论文里。将来能创作就尽量创作，只有创作里才有真自由，真生命。即便你们真去搞批评做研究了，也得有点创作经验才能说到点子上。"可是导师啊，假如我们都去争当"一流人物"，只创作，不研究，将来谁继承您的衣钵？谁能在学术界说：我是刘锡庆先生的学生？您将很快销声匿迹，就像您从未存在。那时您怎么办？老师，您这不是"罗慕路斯大帝自毁罗马"嘛？

"无所谓。虚荣浮名都是给人看的，没有意义。你们只管发挥自己的才能就是。假如你们真喜欢做研究，那也要做有才华有创见的研究。盲从权威、故弄玄虚是不行的，离经叛道、敢做异端才有出息。搞文学就得有点异端精神，平庸是最大的不道德。"说着，锡庆师笑眯眯地夹起一根京酱肉丝，放进嘴里。这使从未出过校门的我下意识地以为，"异端精神"是极容易而又受欢迎的，是理应被无条件鼓励和接纳的，平常得跟京酱肉丝相仿。我的写作本来就有点任性，在锡庆师"没有不允许，没有不可能"的宽纵下，愈发放肆起来：角度、观点和行文求尖求险，只要能自圆其说，导师皆会认可；若语言漂亮，文体别致，他就毫不吝啬地大赞了。"在艺术的王国里，是没有平庸者的户口的。"这是他的口头禅。啊，我真喜欢这个老头——心肠那么仁厚，脾气那么温和，却对一切不拘成法之物敞开心胸，对艺术平庸横眉立目。我贪婪地将此照单全收，滋养未来的岁月。

研究生毕业后，我做了十几年的文学批评。断断续续产量很低，但总想尽力遵循恩师无言传递的道德律令。对作家作品的解读和评价，竭力听从内心的直感，不去顾盼权威的颜色，这跟锡庆师诚实笃定的潜移默化大有关系。

后来，当我真的因为在写作上有了点儿"异端"气息而如遇鬼打墙时，才知道，那种对宽容拥抱的预期，全是上学时锡庆师给"惯"出来的——其实世上并无几人像他那样鼓励冒险，宽纵刁钻。但这宽纵给我胆气，助我不因为自己是"少数"，而"识相"地修改自己的本性。

这种"惯着"，有时会有点"婆婆妈妈"。刚工作的那几年，我有过一段恣意妄为、压力巨大的编辑生涯，锡庆师虽道义上赞成，却也担心会给我带来厄运。他曾悄悄嘱托我的一位领导："这孩子性子直，认死理儿，容易出事，你要保护她。"多年以后，领导已不是我的领导，才告诉我这件事。

评论写久了，总觉得有种能量如不释放便会成毒——也不知是不是锡庆师当年那句"一流才华搞创作，二流才华做研究"在潜意识里作祟。从2009年开始，我停止了批评写作，受一位导演之邀，着手以鲁迅为主人公的话剧创作。整整三年的时间，煎熬于题材的浩瀚、写法的茫然和性质完全不同的写作转换带来的不适。每年锡庆师从珠海回来（2000年后，锡庆师去珠海创办北师大珠海校区中文系，并在那边授课，每到春末至冬初在京），都会小心翼翼地问我：写得怎样啦？

我（欲哭无泪）：不会写，写不出……

他（笑眯眯地）：鲁迅是个坑，明白人都不会往里跳，只有你不知天高地厚傻大胆儿，才敢接这活儿。可也说不准呢，你的思维一向挺怪，不走正路，也许能写出来……嗯，你肯定能写出来，千万别灰心！

我：因为我"不走正路"，所以能写出鲁迅……老师，您这是怎么评价……鲁迅呢？

他：反正就是这么个意思，别怕，你能行。

2012年，话剧剧本《鲁迅》完成，通篇弥漫着《野草》气。锡庆师是《野草》专家，我把剧本给他看，心里惴惴，不敢问他看法，一直以为总有机会详谈。此后他从珠海回，便是小心翼翼地问我：话剧什么时候演啊？我一直支支吾吾。约稿的导演已放弃执导此剧,要靠我自己的力量把它搬上舞台,那几乎是天方夜谭了。

历经难与外人道的波折,终得到慷慨无私的助力,《鲁迅》改名为《大先生》,定于2016年3月31日至4月3日在北京国话剧场首轮演出。那些天我焦虑地发朋友圈。锡庆师不用微信,我不敢告诉他这个消息。演砸怎么办?观众哗哗退场怎么办?何况还可能有其他的风险……七上八下,坐立不安,电话响了,是锡庆师从珠海打来。他从师母那儿知道了此剧的演出消息。我像是抓住了救命稻草:"老师,我这回要丢人啦!"

他:折腾了六年,你够有韧劲的,能演出来就是成功啊!

我:演出只剩四天了,可我还不知舞台呈现最后是什么样子。这戏的每一步,都太拧巴太未知太折磨人了……

他:把心放在肚子里。你已尽了最大努力,可以坦然了,其余的交给天意吧!

电话打完,我看见寰在擦眼睛。这个十三岁就失去了父亲的人,对父爱般的温暖,比我更敏感。

每年春末至冬初,锡庆师和师母都从北师大珠海校区回到北京住。我们这些蹭了他无数顿美餐的学生们,开启了每年轮流坐庄请恩师师母吃饭闲聊的模式。最后一次是

098

去年8月，我和师兄师姐发现，导师整餐饭几乎不发一言，问他问题，他只以最少的字回答。往年见面他也话少，但是笑眯眯而满足地看着我们，慈父的温暖眼神我们知晓。这次变了。和沉默同时的，是些微陌生的淡漠。他的心里在想些什么？我们没有来得及追究他想些什么，我们只是欢乐地说：明年10月21日，就是导师八十大寿了，一定要大操大办好好庆贺一下！这时，终于见到锡庆师露出慈父般满足的笑颜，嘴上却说："别麻烦啦。"那是我们看见的，他最后的微笑。

又是一个春天了。又是导师和师母从珠海返京的日子。但是我们再也见不到他了。像是强迫症似的，在家里，我总是忍不住去看他送我的那只水罐，生怕它也有什么不测。还好。它依旧美而厚朴，清水满盈。一如他的灵魂，清澈坚实，穿越黑暗。

2017年4月22日

在愧疚而清洁的微光中

大二下学期的中国当代文学课,终于是任洪渊先生讲授了。一个瘦小精悍的中年人立于讲台,脸庞似削,目光如电,一口清亮的川普时而平缓,时而激越,出口成诵。坐在座位上,我想起大一下学期,讲文学概论的罗钢教授为了让我们领会"何为自由体新诗",就念了一首当代汉诗:"大地初结的果实和我脑中未成形的幻想/一齐在太阳下饱满地灌浆……"在大家一脸懵的静默中,罗老师问:"你们知道是谁写的吗?"谅我们也不知道,他就从椅子里站起,在黑板上写下三个字:任洪渊。"这是一位在台湾很受关注的大陆诗人("在台湾很受关注"是那个时代进入殿堂的标志性评语——作者注），他就在我们中文系任教。"同学们炸了。"他教哪门课？""能教我们吗？""上哪找他的诗？"……一群天南海北的井底之蛙初会于名师云集的北师大中文系，其不开眼的嘴脸就是这样的。

大二上学期讲中国当代文学的老师，板书有个习惯：俩字一行。因此我很怕他讲到名字是三个字的作家。比如"周立波"吧，他就会一行写"周立"，再另起一行："波"。如果下一个作家是柳青呢？板书就会顺下来："波柳"，再另起一行："青"。一堂堂课下来，这板书就像一列列坦克，无情碾压我对文学的渴慕。我是为了当作家才报考北师大中文系的呀，可一入学，系主任对我们说什么？"中文系不是培养作家的，是培养文学研究者的。""文学研究者"……什么叫"文学研究者"……茫然四顾，不甘心地在任课教师中寻找文学的光芒，创造的灵晕……结果呢？找到了研究文学的两字一行板书先生。

幸亏任洪渊先生出现，才及时挽救了"文学创作"和"北师大中文系"之间行将破裂的关系。任老师符合我们所有关于"文学家"的想象：灿烂的才华，喷薄的诗情，孤高的性格，锐利的谈吐……但女生们莫名悲悯地认为，"才子佳人"这个神话，在任老师这里是绝不可能成为现实的，因为它实在太古典、太虚假了，与他示范给我们的现代美学不符。不久，我们就在课堂上听到他讲女神妻子

F. F. 对自己诗学的开启……好吧，好好记笔记吧。

不知何故，女生宿舍开始流传一本文学杂志，上有任洪渊老师的自供情史《我的第二个二十岁》。如此好的八卦素材岂能错过？我排队等候，拿到便读：

"又是这双眼睛看着我。最早的黑陶罐，洪水后存下的一汪清莹。"

诗人的情话不寻常。他不说这双"眼睛"是美的，而将大洪水和挪亚方舟的典故暗置其中，暗喻这双"眼睛"是涉过人类滔天大罪（"洪水后"）的原初的纯真（"最早的黑陶罐""清莹"），承载着他的救赎。真是无所不用其极的颂赞呀，哪个女子扛得住？

"那是1976年4月的一次'大批判会'。我们来到世界的唯一目的和意义，只是为了给一个伟大的思想做一次渺小的证明，十二亿分之一的证明。我们因为有自己的美，智慧，想象，激情，生来就有罪了。我们是如此害怕自己，害怕安娜·卡列尼娜的让人不能不回头的眼光，害怕蒙娜·丽莎的谜一样的微笑，害怕罗丹的空白了身躯和四肢的无名无姓的《思》。出于恐惧，我们招来红卫兵……禁书，焚画，毁雕塑，为了禁住她颠覆一切的蛊惑的影子。"

谁能将情话和历史反思，结合得如此天衣无缝？谁能用如此透明的寥寥数语，在个人和历史之间无界穿行，将以人为神——且只以某个人为神的时代里精神的压抑和自由的渴望，表达得如此由内而外，举重若轻，直击本质？在我狭窄的视野里，没有，一个也没有。

读完文章，我的八卦之心消退无踪，对文学写作的敬畏之情油然而起：即使再私人化的素材，也要受精神之火的淬炼；即使再单纯的表象，也要显现背后灵性的源泉；即使再复杂的思想，也要穷尽语言表达的一切可能，使思想的深邃跟文字的敛净成正比——否则，不要写。此文传递的沉默的教导，无言的戒律，威慑了我的一生。

由于从初中即已开始的漫长难愈的抑郁倾向，我的一切行动皆是在有意无意地寻求精神的拯救和治疗——小到读一本书，写一篇论文作业，大到恋爱，交友，寻师。我渴望有一道光，将自己从深渊里打捞出去。渴望奇迹降临，震碎那个自我窒息的玻璃罩。

可以期待而又不必自己争取的唯一奇迹，恐怕就是任洪渊老师的课了。他能做什么呢？我甚至不敢和他说一句话。可是，他有词语。他的词语点燃和照亮了他自己，这是显然的。他生于1937年，其时已五十四岁，但他的语言全无从"文革"中匍匐过来的痕迹（"我没有进入那个年代的词语"，他说），反而有着青春的骄傲和奇崛（是的，

90年代，青春还是敢于骄傲奇崛的）："生命的影子并不具有影子的生命。艺术只崇拜唯一的，却十分轻蔑第二个。"能这样说话的人，难道不是自由的吗？难道我不该循着他的词语，找到我的词语，把自己救出去吗？我就是这样带着治病救己的心理，听他的课。"生命""原创力""创造性的""第一次命名""身与头""头与心"……是任老师随身锦囊里的关键词，它们于我，是重造生命的力。

如今中文系出身的学者，十分轻蔑中国当代文学，认为这是不学之徒的寄居地，弃暗投明之前沾染过这个专业的，再也不愿提及。但对三十年前的我来说，中国当代文学是任洪渊老师勾勒的图景：它充满了感性的奇遇和理性的冒险，是西方传统和中国诗学激烈碰撞之地，是以创造为第一推动力、正在诞生和形成的新天新地。与做学问、"研究文学"相比，我感到参与构造这图景更有魅力——也许它的活力能治愈我的抑郁，使我换一个人；而做学问不能。于是我决定报考中国当代文学研究生——虽然我这一届，任老师不招生。

1993年北师大中文系中国当代文学专业的考研试卷上有一道题：试论老舍《茶馆》结尾，"撒纸钱"这场戏的生命含义。本人一向老实木讷，却决定在此刻奉行机会主义：我认出了这道题，它洋溢着任老师的风格，那么它也很可能是任老师来判，我要——赢他的高分！忘了都写些什么，只记得是在考场中恣意忘形地"写作"，而非"答题"：用了忧郁的笔调，将纸钱和白雪、生和死、路和坟，交织在一起。

复试时，任老师在场。他矜持地打量我三秒钟，说："把《茶馆》那道题写成了文章的，是你？"我木讷地点点头。我想告诉他，我是个投机押宝的赌徒。我还想告诉他，我一直将他的课当作救生筏。但还是沉默了。我的性格没有能力完成这段对话。这是我当他学生以来的第一次"对话"。于是他扭过脸去，激情洋溢地对招生导师刘锡庆先生说些让我不好意思的话。

自此，我是刘锡庆先生弟子，也常到任洪渊先生家做客。

去任老师家的第一目的，当然不是讨论诗歌，而是去查看对照他的神话主人公——那位让他感到"蒙娜丽莎的笑在她的唇边，没有成灰"的夫人F.F.，让他"天空的那么多月亮，张若虚的，张九龄的，李白的，苏轼的，一齐坠落"的女儿T.T.。她们究竟是何样女子？本届中国当代文学研究生认为，此问题是我们亟须解决的首要问题；去任老师家探访以了结此问，是吾专业近水楼台的一大福利，不可不用，必须快用。

眼睛黑亮的小学生T.T.给我们开了门，就飞速地跑开了。亭亭玉立穿着浅蓝色真丝袍子的师母F.F.迎了出来，用沉稳悦耳的女中音招呼我们。任老师也从书房走出。笼罩在神话中的一家三口被我们尽收眼底。关于任老师新近出版的《女娲的语言》,我们展开了神不守舍、准备不足的交谈。

回宿舍的路上,我们慨叹道:师母小芳美是美,女儿汀汀可爱是可爱,我们却已无法从她们身上看到更多。因为我们走不出任老师的目光。我们再也不会把她们和路上偶遇的美女娇娃等量齐观。她们将永远是任老师笔下的F. F.和T. T.,闪着神话的光晕。

任老师的当代诗歌解读课是在北师大老主楼(如今已是一片平地)六楼的当代文学研究室,先生一人,弟子五六人,围桌而坐,闲谈模式。他手捧一个带盖的大玻璃杯,稠密的绿叶杯中翻舞,说渴了,喝一口,偶或把误入口中的茶叶吐回杯子,盖上盖,接着讲。他的思维从一个意象跳到另一个意象,话题则是哲学性的,我们经常接不住。

"为什么艾略特说'过去因现在而改变',传统因今天而改变,为什么?你们谈一谈?"他问。

我们的阅读量填不满这个问题。

这样的挫折甚多,于是我老老实实把他的《女娲的语言》从头到尾读了一遍。他的语言有一种钻石般的坚硬质地和晶莹光泽,显示以"智"穿透"情",而非从"情"升华到"智"的思维:

在这块土地上，我们生存的困境，不在于走不走得进历史，而在于走不走得出历史。我们的生命只是复写一次历史而不是改写一次历史。这是我们独有的第三悲剧。我们总是因为寻找今天的历史而失掉历史的今天。总是那些埋葬在秦汉古墓中的人物使我们生活在秦与汉，而不是我们把秦汉人物召唤到今天。总是他们改变了我们的面影身姿语言，而不是我们改变了他们的面影身姿语言。我们总是回到历史中完成自己，而不是进入今天实现自己。我们的生命在成为历史的形式的同时丧失了今天的形式。

那时，我还不知道用遗忘历史的"当代性的暴政"一词来向这段话提问，更不知道"我们的生命只是复写一次历史而不是改写一次历史"这句话，究竟有几重含义。这吸食了"我们"生命的"历史"，是本真的吗？还是被谁出于自己在"今天"的欲望而"改写"了呢？这个没有足够的自由意志"实现自己"的"我们"是谁？那随己意改写历史、又迫使我们"复写"这"被改写的历史"的，又是谁？ta的那个"我"就是自由的吗？还是ta也被什么"历史"的幽灵操纵了呢？我不知道。我只知道，任老师的言说是关于"第一次""第一个""创世记"的狂想曲，关于"我"的主体性的交响乐。对于自我从未被建立而只是被摧毁的我来说，这是一个福音，一种信仰——对创造力的信仰。至于创造力的根基在何处，我后来与任老师的答案不同。但那时，他是将沉沦于生命深渊中的我打捞出来的人——用他的言说和写作。他的思维方式对我有意想不到的治疗作用。它制止我漫漶泛滥的抑郁情绪，而竭力从思维底部建立起坚硬的地基，以使感性的自我不至坍塌。同时，他诗学中的紧张感——那种与伟大先哲一较高下的创造力竞争，将我焦灼的注意力从日常的琐碎荒芜引向更有价值的精神领域。他那陈言务去、从意象直抵形而上、自律到几近自虐的语言方式，再次惊吓和淬炼了我：面对语言时，你须挖掘自我的全部潜力，探求表达的最高可能——这是他身体力行的写作律令。

他的两首"月亮诗"也照亮了我。一首是喜剧——写于1988年的《月亮，一个不能解构的圆》，灵感来自一则科学预言："荷兰天文学家克费德追踪着一颗流星的轨迹：它将在1992年1月7日前击碎月亮的上半（？）。"诗人遥想了预言成真的图景：

> 半个月亮　永远半个
> 我向前望着我的　背影
> 一个圆的残缺
> 半个月亮的圆

力　都已弯曲成圆的

轨道　我等着一个坠毁的星

逃出一个圆又击落一个圆　撞破我的

　　月

　　年

接下来的诗句，揭示了伟大诗人在人类的精神天空中恒星般的力量，和作者自身作为诗人的信念：

可惜没有一颗星的速度

能够飞进李白的天空

他的每一轮　明月

照　旧圆

我永远热爱这一句。尽管预言没有成真，现实的明月和李白的明月都好端端挂在人类的头顶，使这首回应之诗有了喜剧色彩，但它吹响了创造者得胜的号角——精神的光芒在物质宇宙的无情巨变面前，将无损分毫。

另一首则是悲剧。1969年7月20日，美国阿波罗11号飞船上的宇航员踏出人类在月球上的第一步；1985年，诗人以《最后的月亮》，完成他与"月亮上的第一步"的对话：

几千年　地球已经太重

> 承受我的头脑
>
> 还需要另一片土地
>
> 头上的幻想踩成现实　承受脚
>
> 我的头该靠在哪里
>
> 　　人们望掉了一块天空
>
> 　　我来走一块多余的大陆

　　这首诗显示何为"诗人独有的视角"。当举世都为人类登月而欢呼时，唯有诗人在哀悼——"头上"皎洁了数千年的"幻想"被"脚"踩成了"现实"，成为一块像地球一样平常、可行走其上的"多余的大陆"。"最后的月亮"，阿波罗登临之前那夜的月亮，"比夹在唐诗宋词里的／许多　月／还要　白"。最后的浪漫之白。告别的悲伤之白。自此，被困在地上的"我"永远"失去了　一块逃亡的／圆"——曾经任凭不可企及的神话、想象和思念驰骋其上的"圆"。人多么需要一个"不可企及之物"来承载寄托，而圆缺变幻的月亮又是多么完美的承载者！当"不可企及"变成"触脚可及"，划时代的幻灭来临了："缀满一代一代／圆圆缺缺的　仰望／突然断落在我的夜里"。诗人用一首短诗，揭示科学——行动带来的进步——贫乏，与未知——灵性所孕育的神秘——丰饶之间，永远的张力与悖论。

　　一个人如何敞开自己的生命，与辽阔的历史——当代—文化同在？如何敞开自己的写作，跟"与己无关"的"他者"做灵魂的对话？他的"月亮诗"提供了方法。此前，我习惯了诗是一种微观的生命样态：有形象，有根须，有呼吸，有情感，哪怕反抒情，也是一种情感。但任老师的诗不是这样。它们多由意象直接跃向观念与哲思，由此爆发出意志与认知的激情——来自"头"而非"心"的激情。显然，他的诗属于极少数派。对多数人来说，激情属于心，用以作诗；理性属于头，用以哲学。但任老师让哲学的头激动了起来——日神饮了酒神的酒，思维穿透直觉而起舞，而非直觉先于思维而舞，或只有直觉之舞，思维原地踏步。这使得他的诗虽坚硬却具有开启的能力，与我后来喜爱的彼得·汉德克的戏剧性质相仿。我曾赞叹汉德克深具"那种哲学的本能，那种将理念的骨骼化作创造之血肉的本能"，任老师亦如是。他是第一个向我启示"灵智"的写作道路的人。

既然看到了光，就想用他的诗学填充我心中最深的黑洞。

1993年到1996年读研期间的大学校园，弥漫着萎靡混沌的气息。谁也不知道"我从哪里来，要到哪里去"，也不再流行思考这种问题。诗歌不再是时代冠冕。诗人的光环逐渐暗淡。新时代的文化英雄们一视同仁地嘲笑着真假正经，任何一种"严肃"都为人所不齿。一批知识分子遂奋起讨论"人文精神",并将"反对崇高""精神堕落""犬儒主义"的指控加给了时代新宠王朔。但道德姿态下的价值内核是什么?意义与自由的源泉在哪里?让一个人战胜虚无和哄笑的精神支撑在哪里?却也没人说得出。

感觉自己就像纪德的《伪币制造者》里无力自卫的小波利——他因受不了"现代主义者"日里大尼索的嘲弄,开枪自尽。我呢,也找不到安然活着的理由。耳边尽是解构者的哄笑声,令我羞愧欲死。一个下午,任老师点评完我的论文作业,就酝酿结束的气氛,我却坐着不动。

"任老师……"我嗫嚅着。

"嗯?"

"您觉得,活着……有意思吗?"

"什么?"他大概不信,会听到这个问题。

"嗯,我是说……让您不断地想要'创造''创世记''第一次命名'的,让您相信'生命不能被照亮,只能自明'的,是什么呢?如果一个人,她自己没有力气'自明',怎么办呢?如果她连自己的生命都感到没有存在的价值,那还怎么去创造呢?"

"你为什么这样看待自己的生命呢?"他大概感到了,这是个笨拙的求救信号。

"我刚读完王朔的小说集……感到一种富有魅力的残忍和凶猛,将我讨厌的东西变得可笑……可同时,不知道为什么，它使我看自己也是讨厌和可笑的……这是一种压倒性的力量，这种发出哄笑又讨人喜爱的残忍和凶猛，做了这个时代的主人，不但戏弄我讨厌的东西，也戏弄一切严肃、干净、认真的东西，我感到亲近、合乎本性的东西……这使我感到孤单，像丧家犬，跟一切都无份，只活在一片哄笑声中……我试图用您的诗学跟这笑声对抗，但是没有用。'创造？自明？第一次命名？你说什么呢？你能说人话吗？'耳边都是这种声音。一切都是虚无，都是可笑。我想把严肃、干净、认真像铠甲一样穿在身上，去抵抗那哄笑声，却做不到，因为我不知道严肃、干净、认真的理由是什么？那不过是我的喜好罢了，并不一定是个真理。就像残忍、凶猛、哄笑虽不是我的喜好，却不一定不是真理一样。因为毕竟我没办法证明，虚无是不对的。相反，似乎所有事实都在证明，一切都是虚无。那么他们就是拥有真理的一方吧？可我又不喜欢这个真理。我怎么办呢？我无法让自己面目全非，去适应这个真理。但是，我自己的面目是什么？在这样的自我厌弃中，我已失去了自己的面目……任老师，我的脑子很乱，我整天想的就是这种东西，感到一切都没有意义。我没法像您说的那样'自明'和'创造'，因为我里面没有光，也不知道光在哪里……我不知道该怎么办……您听不见这种哄笑声吗？您……您怎么办呢……"

奇怪的是，任老师毫不奇怪地听着我的语无伦次，露出悲哀的神情。

"……怎么办呢？只有忍耐，不期待分食的光荣。听我们自己里面的声音。如果你听不见，至少，你知道自己不会长出咬人的牙，不会把残忍、凶猛、哄笑，加给和你一样痛苦的人。"

他说这话时，我想起他书里的句子："那是1966年可怕的夏天……我害怕被斗，更害怕斗人，做一个观斗者我尤其感到痛苦。我只能三者择一，选择第三种，没有第四种角色留给我。怯懦，清醒的怯懦：人的一切都已丧失。"

每个时代都有我们无力改变又必须忍耐的。他秉持一种"消极的道德"，在它愧疚而清洁的微光中，坚守自己的创造。我至今相信这种"消极"比道德高调的"积极"可靠得多。当积极的道德红利（无论属于哪一方）被支取得狼藉遍地时，我感激这微光的烛照，并且谨记：在时代的喧嚣里，"不期待分食的光荣"。

研究生毕业后，我到《北京文学》杂志社工作了四年。曾以"静矣"署名，责编他的长文《语言相遇：汉语智慧的三度自由空间》。任老师大为高兴，筹划着出版《墨写的黄河》，用一篇对话录作序言，邀我跟他对谈。

我哪有"对谈"的功底，顶多当个发问者。对话持续了十几个上午，最后由任老师定稿。免不了谈到他没评上教授的原因，我问他有没有意识到自己的文章和学院派论文最根本的区别，他就说出了一段著名的自我概括："你知道我十分厌弃'书房写作''图书馆写作'，你不觉得由书本产生的书本太多了？我想……从身体到书本。我想试试，把'观念'变成'经验'，把'思索'变为'经历'，把'论述'变成'叙述'，是不是理论的一种可能。我在寻找一种语言方式，把哲学、诗、历史、文化等等重新写成自由的散文。说'重新'，是因为我们已经有过先秦散文，尤其是庄子散文。"

可见他的雄心。任老师文体意识极强，且一以贯之。他厌弃"图书馆写作"，可他谈罗兰·巴特、德里达，谈尼采、叶芝、弗洛伊德、加缪、马尔库塞，谈"词语红移的曹雪芹运动"，无不来自图书馆而又融化图书馆，化字为血，让古今中西的大哲随着他的"生命／文化"二元主题而起舞。这是他的"汉语改写西方诸神"运动。既然是"改写"，就不必追究他阅读的"西方诸神"究竟是"译本"还是"原著"，就像我们不必追究赫尔曼·黑塞是否读过《老子》原文、埃兹拉·庞德是不是读过唐诗原文一样。他的汲取和改写，源自他对"文化自我"的更新意志。他所谓"许多人在现代—后现代的话语中找回了他人的什么，我却要在现代—后现代话语中丢掉我们的什么"，正是此意。

因此，他虽然一再慨叹"梵语的佛曾被改写成汉语的禅，拉丁语的基督却再也不能被改写成汉语的什么了"，却并非讳疾忌医的"本土文化神圣论"者，而是直捣中国传统的核心病灶："青铜文化的压迫，不在远古……而在我们每个人的身躯上。《易》文本复写着一代又一代中国人……《易》'弑佛'——拒绝侍佛的彼岸，天国，来生，他身，再一次肯定人的此岸，现世，今生，本身，却更加不敢面对人自身的苦难、罪恶与地狱。中国文化的诗、书、乐、画，半哲学，准宗教，从此全部拥挤在'空'与'无'的相同的超越上，不能再超越，除了一千年又一千年的重复。"因此，他宣告："是到了我们长出19世纪理性的头，和解放被青铜文化压迫在20世纪身躯里的生命力的时候了。"

他用一以贯之的哲学眼光和语言方式，回顾和打量任何事物。那时的我，不耐烦读"过来人"沉重而琐碎的回忆录，但愿意听他谈那个荒谬的年代："比起我们1957年低头的一代，叱咤风云的红卫兵真的是昂首的一代吗？他们可能是历史上唯一的一批永远跪在地上的造反者。在一本红书的庇护下他们残暴得何等卑怯！除了天天重复、人人重复那唯一的一本书上的字，他们十年的喧哗中竟没有一个自己的词！"

我从未听人这样谈论个人与历史——从词语—语言的角度，进入到生命与智慧的深处，而不仅仅是情感和道德的深处。我也从未听人这样谈论词语和语言——它们不再冰冷抽象，而如此深刻地嵌进个人与历史之中。

对话中，他反复说起"侧身"一词。他终其一生没有"正面走来"，而是在所有时代"侧身而过"：他在自己的时代——1957年、1966年主动选择"侧身而过"，"让'巴金批判小组'的才子才女们去'独领风骚'吧"；到1970年代末1980年代初，二十多岁的北岛领衔"崛起的诗群"正面走来，他是其中唯一的"两个二十岁"的诗人，沉默地"侧身"在边缘；1986年以后，高喊"Pass北岛"的"第三代"诗人们也成群结队正面走来——他则"侧身"在队伍外面冷静审视……他反复说出这个词，是为自己注定的历史位置而唏嘘？还是甘愿为自己的选择承受形单影只的命运？也许，二者皆有吧。

我钦佩他的胸襟。对于"Pass北岛"的喧嚣，他全然反对："谁能Pass他们？他们做了本应由我们这一代人做而没有做、不敢做的事情……是他们延续了'五四'新文学的传统，并且，因为他们，西方现代文学的中国回声才没有因穆旦们的沉默而成绝响……这是不能随意Pass的。"

对提出"Pass论"的"第三代"诗人，他直言不讳又留有余地："第三代是标榜个人写作的一代，也可能是失语的一代……尽管他们孤独地说着相同的语言，'独语'成了'共语'，'个人写作'成了'群体写作'……但他们中间还是出现了卓尔不群的写作者。"

我问他：很少有人注意你匆匆而过的侧影，多孤独啊……你从自己所有的侧面中找到了什么？

他平静地答道："找到了自己，看见了自己的正面——这还不够吗？"

转眼间十几年过去，我的谋生之地也从杂志社到了报社。几乎每年都会与任老师见面，彼此谈起文学、时世、近况，使我感到时间是静止的——我认识他时他就是如此敏锐赤诚，现在还是如此，并且将永远如此下去，多么好啊，永远的第二个二十岁。

却也会为他心痛。他的创造能量像瑰丽的焰火，渴望一片盛放的天空。但他没有领地和天空的管辖权，难以避免地，他会寄望领主们提供燃放点。但领主们总是另有安排——酒吧，商场，餐馆，霓虹灯……总之，任老师的大部分焰火只能躺在自己的笔下和心中。假如他不曾为说服领主们而奔走，会怎样？必有更多更瑰丽的焰火被他默默造出。是的，必会如此。

聊完自己的近况，他会问我又写了什么。

我说，在写一点作家论，就像您总想避免沾上"学院气"，我也总想避免沾染"文坛气"。

他说，不沾染文坛气，又要做批评，那是免不了得罪人的。

我说，得罪人倒没什么，可投入赤诚若只落个得罪人，就毫无价值。几乎没有圈子外的好读者愿意读批评文章——因为没有什么让他们牵挂的作品,使他们关心对这作品的评论,这才是文学批评的可悲之处。

何必看着别人写不好,在那干搓手呢?他说。重要问题也不可能透过对次要作品的批评,得到深刻的探讨。创作是创造生命,是在生活,批评么,毕竟是二手生活了。还是创作吧。

我会的,只是现在觉得还没有被充满。我说。

后来,真的放下文学批评,心无旁骛地写话剧了。2016年3月底,我编剧的《大先生》几经辗转,在北京首演,遂邀请任老师和师母来国话剧场看戏。舞台是一把巨大的血红座椅,椅上顶天立地着一个巨人半身像,像的头是空的,里面也有一把血红椅子。戏剧起始,穿长衫的鲁迅在弥留之际,被地狱使者换上白衬衫牛仔裤,扔到巨椅上。整部剧就是鲁迅的临终意识流。剧场效果让任老师大为感奋,给我打来长长的电话。他将编剧和导演的意图一览无余,我蓦地感到,在他的注视下,我和导演、演员的一切付出都值得了。

《大先生》研讨会上,他关于"椅子"的谈论,我仍记得:"椅子,自然比锁链近人,而且诱人,但是戏中椅子的寓言,不是空位、缺位——这不够,要去掉这把椅子,毁掉这把椅子。没有椅子就不会有椅子上的自我囚禁,也不会有椅子下面的膜拜或者是跪拜。无椅子的解放和自由。世上有很多椅子。李静去椅子——椅子就是位置，留下位置，也就是留下位置上的囚禁和位置下的膜拜与跪拜。去掉位置才是真正的自由。"

次年，我编剧的《秦国喜剧》上演，邀任老师和师母来中间剧场观看。这部剧是纯粹的反历史叙事，讲战国末年，一个戏班班主如何因自己创作的"菜人"（"菜人"者，用为菜肴之人也）喜剧，在秦王嬴政和韩非李斯的帮教下，反复修改，身陷囹圄，最后脱身的故事。三场戏中戏分别被导演以京剧、二人转和音乐剧的形式演出，观众看得欢乐异常。演出结束后，大雨倾盆，直至夜半。正担心任老师和师母能否安然开车到家，他打了电话来，声音雀跃："这个戏，没有受到历史的捆绑，反而把历史重新解构、重新组合了，让历史和想象成了新的材料，构筑你的'永远现在时'的生命世界。从这个作品看，你真的自由了！祝贺你！"

现在想来，这"免于历史捆绑"的疫苗，诚然是在我二十多年前做他学生的时候种下的。

——为什么没有告诉任老师这句话？为什么没有？

——因为我是个自我陶醉虚荣迟钝的傻瓜。

2019年的中秋节和教师节挨得很近，我和师姐王向晖（即王陌尘）相约，一起去看任老师。我热烈地盼着和他见面交谈，因为几天前读他的自选集《任洪渊的诗》，

读到了《1967,我悲怆地望着我们这一代人》:

我悲怆地望着我们这一代人

虽然没有一个人转身回望我的悲怆

我走过弯下腰的长街,屈膝跪地的校园

走过一个个低垂着头颅的广场

我逃避,不再有逃遁的角落

…………

谁也不曾有等待枪杀的期许

庄严走尽辞世的一步,高贵赴死

不被流徙的自我放逐

不被监禁的自我囚徒

不被行刑的自我掩埋

阳光下,跪倒成一代人的葬仪

掩埋尽自己的天性、天赋和天姿

无坟,无陵,无碑铭无墓志

没有留下未来的遗嘱

也没有留下过去的遗址

…………

> 不能在地狱门前，思想的头颅
>
> 重压着双肩，不惜压沉脚下的土地
>
> 踯躅在人的门口，那就自塑
>
> 这一座低首、折腰、跪膝的遗像
>
> 耻辱年代最后的自赎

这是八十岁诗人的忏悔录和自画像。向谁忏悔？为谁自画？向自己的良心，为未来的孩子。

人到中年的我，已不再能置身事外地看待这首诗——它已然也是替我写的。在这个时代里，我何尝不是那样一尊"低首、折腰、跪膝"的塑像呢。这才是历史与自我的悲剧。我想跟任老师聊聊这些。

见面时，依然是聊文学，时世，彼此近况，他依然是敏锐赤诚的"第二个二十岁"。中午，师生三人出北师大东门，走过街天桥，到同春园吃饭。任老师拒绝搀扶，走过街天桥时，步履加倍轻盈，我们都赞他身体超好，跟我们上学时状态一样。他开怀，一直说一直说，桌上美食似乎是些耽误说话的物体。他谈到他上大学时，周末会在父亲的老朋友——一位部长家里度过。那似乎是父亲向他补偿父爱的唯一方式。有时他也参加达官贵人及其子女亲眷们的舞会。他的舞跳得不错。他因此明白了阿尔别宁——莱蒙托夫《假面舞会》里虚无而酷忍的男主人公。他也因此知晓了舞厅内外两个世界的巨大反差。

这时我才意识到，任老师是个老牌的"红二代"。上学时竟全没注意。他如何长成一个跟自己的出身无关的人？

他说，因为痛苦的童年。

1937年他出生时，共产党员父亲在蹲国民党的监狱。他六岁时，母亲改嫁他人——娶她的，是一直暗恋她的国民党军官。他选择在奶奶身边度过孤苦的童年。他十三岁时，在武汉为官的父亲（"文革"时，这位父亲要为自己在1930年代的被捕和释放而百口莫辩，饱受折磨）把他和奶奶接来，与自己的新家庭共住。缺失父爱母爱的早年，使他终其一生都是个极力自我喂养、却又饥渴于爱的孩子。（师母对我如此慨叹。）他的母亲（被他称为"一个30年代新女性"）和父亲的命运，早早为他彰显了人生与历史的荒诞。在他的第三人称自传里，这些只写了寥寥几笔，却堪称一部大戏：

> 一个30年代新女性的二次选择，简直是一场布莱希特式的演出：舞台景深的文昌阁影，时近时远，在舞台一侧，他的母亲，18岁，到成都一座监狱为第一个丈夫送饭，无须暗转，30岁，到同一座监狱为第二个丈夫送饭。对称的，在舞台另一侧，他的父亲，前半生中的10年，在秘密的追捕、囚禁中，同样无须暗转，后半生中的10年，在公开的审查、批斗中。

而被这舞台两边抛出的孤独,把他保护在舞台的外面。

那时,他的自传只写了几章。我和向晖此起彼伏地催促他:"您放下所有其他的事,先把这自传写完吧!这一定是您一生里最辉煌、读者最多的作品!"

他露出得意的笑容:"好,听你们的。写完这个,我还有小说要写呢。"

创造的火焰在他的双眼里跳动不息。

2020,大疫之年,内心的剧情颠簸不堪。先是什么也写不下去,后来只想着为这一年写点什么。正煎熬着,6月2日清晨,突接师母微信,告知任老师已胃癌晚期,住进了北大国际医院。我不敢相信自己的眼睛。怎么会?!去年9月他还神采飞扬!电话向师母求证,无可更改:是的,胃癌晚期。

脑中空白,茫然四顾,向谁求救?唯有跪下,切切祷告。

啊,求你记念你说过的话。你说:"你们祈求,就给你们;寻找,就寻见;叩门,就给你们开门。"那么,我现在就祈求:求你医治任洪渊老师,赐给他得救的时间。求你亲自叩他的门,使他认识你的真理,得到在你里面的新生命。也求你赐我能力和勇气,向他传得救的好消息。

中午，给任老师打电话。他的嗓音沙哑细弱："李静，你不要难过，我是唯物论者，能平静地接受死亡。还剩下不多的时间，我要把我的自传写完。还有一件事，我想托付你，等我们见面谈……你不要忧伤，关键是，在死亡到来之前，把事情安排好。"

"好的，任老师，"我感到喉咙滞塞，"您好好休息，到时我也跟您谈一件事……"

从未如此功利地渴望全能者对肉体生命的拯救，也从未如此清晰地想起那些关于神迹奇事的见证。我将请求任老师，只要他对至高者说："我不知道你是否存在，但假如你存在，请你医治我，让我经历你。"什么都有可能发生。

6月5日下午，我和向晖师姐去北大国际医院看望任老师。他住一个单间，一位男护工在尽心照料。躺在床上，本就瘦小的躯体在棕色条纹被单下像是瘦了一半，白色的长寿眉显得更长了。他不能吃什么，早晨半碗疙瘩汤，中午一碗粥，打营养针。刚抽取腹水，在等待检查结果。

他已将文集出版之事交托给沈浩波师弟。对我，他说："有这么几个人，在我走后，你通知他们，如果他们愿意，可以写一点诚实真挚的文章。"人数不多，是他的朋友，弟子，忘年交，他以为知音的人。他感念地一一细数他们对自己的帮助，一起共度的欢乐，像知足的富翁数点金子。我把这些名字记住，不争气地泪如雨下——为人世，也为自己，对他的亏欠。他反过来劝慰道："不要忧伤，我只是在最坏地打算，坦然地治疗。我先把事情交代好，再专心致志把自传写完。"

奇怪地，我的勇气突然丧失，只软弱地说了一句"我会为您祷告的……"就再也不能说出那想好的话。因为他听到"祷告"二字而突然锐利冷淡的目光？因为他的这些交托所暗示的，对可见人世的全部专注与信仰？因为身边惊讶地看着我的师姐和护工？因为病房的寂静？总之，我默默把话咽了回去，寄望于下次见面，或者再打电话时。

告别，没有合影，也没有握手。有意地做成绝不是最后一面的样子。彼此像是都相信未来还有许多日子。走出病房，来到楼下，我和向晖相拥而泣。夕阳的光线柔和金黄，不久它将速速沉落。

回来后，我酝酿跟任老师通一个长电话。

——你一定要说吗？一个声音问。

——是的，一定要说。

——为什么呢？

——因为这不止关乎他现世的存活，更关乎他永远的生命。

——这仅仅是你个人的信仰而已，为何强加给你的老师呢？

——因为，我知道这是真的。还因为，我老师已经没有时间求证了。就算他压根儿不信，他可以试！他可以证伪！他实在没有时间了！

——你打算跟他谈什么呢？

——谈谈人的罪，奇妙的恩，谈谈悔改和得救。他将因此得医治，得重生。我就不再怕他死去。因为他将有永恒。

"死啊，你得胜的权势在哪里？

死啊，你的毒钩在哪里？"

——他是坚定的人文主义者，只信仰人的自由和尊严。他怎能在生命的最后时刻，向无法证明其存在的上帝屈膝呢？他即使死去，也不会再向任何力量屈膝。这是一生的价值和尊严问题。你和他谈，徒增尴尬和隔膜而已。

这声音如此强硬，使我一直延宕跟任老师的通话。每隔几天，我微信问师母，老师的状况如何。师母说，因北大国际医院有新冠感染病例，他已转院到北京大学首钢医院，正在全力以赴口授自传，让她转告亲戚们，不要电话他、看望他，他没有时间接受慰问。

我似乎更有了延宕的理由。

8月12日8点左右，我下定决心：马上给任老师打电话，尴尬就尴尬吧！隔膜就隔膜吧！瞬刻，电闪雷鸣，大雨如注。我又松了一口气：这种天气打手机有点儿危险，明天吧。

8月13日上午，天气晴好，我手机静音写剧本。休息时看了下短信，如坠深渊，是汀汀的："我父亲昨晚21:49

走了。他走得平静安详。"

我该如何原谅自己？！啊，我的神我的神，我该如何补救？！

假如不到宇宙史的150亿年，银河繁星的密度和引力，就不会正好把我的太阳和地球和伴月转动在今天这样的时空方位、远近、轨道与周期里。*选定150亿年的是谁？* 假如太阳不是把地球抛在14959.8万公里远的阳光下，假如地球再靠近太阳，赤道早就融掉两极的冰雪，热死了夏天；或者相反，太阳再远离地球，两极的冰雪就将漫过赤道，冻死冬天。不能想象没有夏没有冬没有四季的生命，*选定14959.8万公里的是谁？* 假如碳核的内部激活点，不是非常在常态之上的7.653百万电子伏特，就永远不会合成碳核，碳，有机化合物，地球上就永远不会有第一点绿，第一朵红，第一滴血，第一次摇撼地球的性冲动，第一个呼喊的词。7.653引人遐思，而非7.653拒绝冥想。*选定非常的7.653百万电子伏特的是谁？* 再假如光速不是29万公里／秒，就不会有我的星光月光的诗意，而且最根本的，就不会有星月同辉的我的目光、灵视与神思，就不会有人与宇宙相同的时间方向与空间维度，当然，也就不会有我的"视通万里"与"思接千载"。29万公里／秒的光速是一切信息的极限。跑不出光速的人，选定29万公里/秒的又是谁？

是谁在无穷数中选定了这一系列常数值，选定了人？又选定人来选定什么？

在任老师辞世七个月后，在一篇写于2007年的文章里，我突然翻到他的这段话。十几年前，他就触摸过这个神秘的问题。但那时，我没有读懂。

没有人知道，弥留之际的灵魂里究竟发生了什么。也许就在那最后几秒钟，他写过的这些句子，他提出的这些疑问，突然回到他的意识中，使他截获一个神秘而确切的答案：唯有造物主！所有这一切精妙的数字，居住着生命的地球在浩瀚宇宙里如同被精密微调的奇妙存在，绝无可能由偶然造成！也许他瞬刻之间领悟了这奥秘，于是向至高者转回。于是TA说：天地都废去，我的话不会废去。凡祈求的，就得着；寻找的，就寻见；叩门的，就给他开门。来，我已开门，与我同行。

"他走得平静安详。"我深信，我的老师此刻在天国里。

2021年4月8日

致你

无待无垠、纯全无方之"你",充溢穹苍之"你"……

不可思议的,我们栖居于万有相互玉成的浩渺人生中。

——马丁·布伯《我与你》

1

亲爱的你:

我是在一块晃动开裂的土地上给你写信。我本想在孤单恐惧中呼求你,但现在,却迫不及待要把一个好消息告诉你——它借着一些眼泪传递给我，我却要用它赞美你。

这事发生在昨天。芬姐正擦洗我家厨房时，接到一个老太太的电话。她是芬姐的老主顾，一个八十来岁的孤独老妇——她有儿子、儿媳和孙子，但不爱他们，不想他们，他们也很少看她。对，她就是这样的人：谁也不爱，谁也不想，不缺钱，不快乐，肥胖，高血压，腿脚不便。一年多来，她总在夜里听到隔壁有小男孩哭泣的声音，喊饿的声音，这哭叫令她痛彻心扉，急于把好吃的送给他，只是碍于半夜三更，不好意思敲人家的门——对儿子和孙子，她也不曾这样柔肠百转。一个白天，芬姐正好在，老太太又听见男孩哭了，要她去看看。芬姐就去隔壁看，发现那是个正在装修的空房子。她到楼上楼下相应位置看，也没有什么男孩。芬姐毛骨悚然。后来她偷偷给老太太的儿子打电话，含蓄地告诉他，去照顾一下自己的妈妈。儿子给妈妈雇了个保姆。不到一个月，保姆被老太太打发走，"嫌她吃得太多"。但老太太依赖芬姐，每周要她去两次。芬姐把她搀到轮椅上，推着她出去遛弯，买菜，回来打扫房间，给她洗脚。我问芬姐为何对这乖僻的老太太如此耐心，她说："不得对得起人家的钱？"哦，要对得起钱——顶靠谱的商业伦理。

昨天，芬姐擦洗我家厨房时，接到老太太的电话，声音很大：芬啊，我摔在地上了，你在哪儿呢？你能不能过来一趟，扶我起来？

芬姐说，我这儿离你家三公里，我可以过去，可我没带电池，我怕电动车去了你家再去别处，回家电就不够用啊！

失望的老太太：啊，那我问问物业能不能过来，物业有我房门钥匙。

芬姐挂了电话，继续默默擦洗。我说，要是需要，你去照顾老太太吧，我这儿不要紧。

芬姐摇头：我怕我的车，电不够用。

过了会儿，电话又响，是老太太：物业的人把我扶起来了，没事了啊。

芬姐工作完，穿上鞋子，背好背包，对我说，好了啊，我走了。我的近视眼觉得她脸上的表情似乎不对。走近她，果然，她紧绷着脸，正试图阻止自己的眼泪，但泪还是簌簌落下。"啊，你哭了？"我抚摸她的肩膀，不知如何安慰。实际上，是惊诧多过抚慰。她为什么哭？使她产生如此激情的因素是什么？是真心惦念那个老太太——一个本来冷漠乖僻的老雇主、有钱也不幸福的天罚者，此刻却楚楚可怜如婴儿？是老太太第一时间不向儿子、物业而向她求助，这一行为所暗示的跨越阶层、血缘、金钱和性情的依赖？是常受怜悯俯视的她终于获得了怜悯俯视他人的机会——这被怜悯者无论从哪个物质和社会层面都比她优越，此刻这优越却终于坍塌成脆弱无助的惨相？……

我容易激动的心和惯于分析的头脑分裂地运转着，找不到合适的言语。

"她儿子怎么这样！"终于，芬姐哭出声来，"他老妈多可怜，他也不多来看看！也不说陪老妈住一宿……我的车，我的破车！我偏偏今天没带替换电池！我要是去她那儿，我就回不了家……回不了家啦！"啜泣，喘息，眼泪。气闷，急切，绝望。我忽然明白了老太太电话的真实用意。她孤独，需要芬姐，只相信芬姐，她在找借口让芬姐过去，多给她一点儿踏实的安慰。因为显然，不是只有芬姐能扶她起来，物业就可以做到。这看起来多事的电话，其实是一个坚硬乖僻的老人在茫茫人世所能发出的最信靠的交托、最软弱的呼求，芬姐领会了，却没能回应这交托和呼求，她为此而自责，而苦痛。她貌似在生主顾儿子和电动车的气，其实在生自己的气。这是一次忘我的生气。这是出于舍己又自恨不能舍己的生气。但是她说不出这感受。但是她的眼泪替她说出。她的眼泪和愤郁一瞬之间穿透我，让我蓦然看见你的光亮。

没错，那是你的光亮，在她的眼泪里。此刻，我依然坐在你的光中，我的石头心在融化，软得像一颗果冻。这颗果冻想要拥抱更多的石头和果冻。

这就是好消息。你一定早已知道，可我还是忍不住告诉你。在这讲诉里，得安慰的是我，不是你。

感谢你，我爱你。

想念你的　我

2021年9月1日

2

你好呀，

我好吗？不，我不好。

最近又被抑郁侵蚀。我似乎走进一个没有窗户的房间，里面只有我自己。我看不见别人，别人也看不见我。我听不见别人，别人也听不见我。我像死了一般。即使走在街上，走在单位，坐在剧场，坐在聚会的家人中，依然如此。我已和他人隔绝。

——你需要别人吗？

——我不想承认我需要，但实际上，我需要。

——你爱别人吗？

——我以为我爱，但实际上，并不真的爱。

——你需要别人什么呢？

——我需要……人的爱。

——你需要他们的爱，却不爱他们？

——呃，如果他们爱我，那我也可以爱一爱他们的。

——你认为，爱是一种交换？

——理论上，不应该，实际上，却是的。

——很好，你是个明白人。按照交换法则，总得有一方先付出，另一方再回报。你愿意先付出吗？

——不，我不愿意。凭什么呀。

——那你得有东西吸引人先对你付出咯，那东西一定是你优于别人的。那是什么呢？美貌？

——不，我没有美貌。

——年轻？

——不，我已不年轻。

——金钱？

——不，我没什么钱。有钱太俗。

——权力？

——不，我是个无权之人。权力是罪恶的渊薮。

——名声？你这么清高的人，一定有令人景仰的名声喽？

——不，我没有名声。我又不是明星，不是有天才会搞事的艺术家，不是烈士，更不是网红，哪能有什么名声。

——那么，你拿什么吸引人家迈出爱的第一步呢？

——呃，不知道。

——那就先不考虑别人，想想你自己吧，爱自己有时也挺管用。你爱自己的什么呢？

——谁都会有一点头脑，一点个性，一点才华，一点良心,所以,这些不足以令我爱自己。

——据说,每个人都可以做自己的太阳,自己发光,你也试试?

——我试过,并且知道:这是一句最虚妄的口号。尼采是老实人,试过之后,他疯了。

——那你还有什么办法呢?

——没有了。

——那,你就无怨无悔地死了吧。

这声音循循善诱,逻辑严谨,我差点着了它的道儿。这时,你的好朋友S来了。他深深看了我一眼,就知道我心里很不平安,但也不问什么,只是跟我缓缓讲述一只狗给他的启示。

那是一只他在小区里散步时遇见的狗,当时他心里正焦躁烦忧。你知道,他因为爱你的缘故,创办了一个心理援助公号,集结几位志同道合的心理咨询师,在周日为一些特殊人群做免费的心理咨询。一个月前,一个咨询者给他发去一条愤怒的微信:你们中心的某某咨询师竟跟我收取费用!你们不是免费援助吗?怎么能挂羊头卖狗肉,当婊子立牌坊,以公益之名,行买卖之实?!我要告你们诈骗性收费,让监管部门取缔你们的营业资格!

S说,他们这个纯公益的合作小组,无非是想给一些有经济困难的人士提供免费的心理援助,若因为这个人的投诉，背上非法牟利的罪名，那可真是冤枉透顶。S问那位受指责的心理师——他的团队伙伴，究竟发生了什么？此人对那投诉者也是一肚子火儿："他不管外面好几个预约等候的，跟我说个没完，已经超了半小时，我就提醒他，该结束了，外面还有人等呢，咱下次再说。他说我的问题没聊透，你别想让我走。我火了，说，你要这样，就得收费另约了哈。他问，怎么收费？我说，一小时八百。他就骂我公益援助是假，招揽生意是真。我不分辩，只是不再给他咨询。想不到他怀恨在心，竟要对咱们全体小组成员下手。"

S在投诉者和小伙伴之间奔走调停，谋求相互谅解。但投诉者不依不饶，要求小伙伴道歉赔偿；小伙伴说他无理取闹，拒绝低头服软。投诉者发出最后通牒：给你们三天时间，不按我的要求办，就去告你们非法牟利，反正我闲着也是闲着。看他不达目的不罢休的做派，S知道，他必说到做到。

在最后期限的前一天，S在小区无能为力地散步。他为人性的狰狞感到沮丧。本想和小伙伴一起，为有需要的人群做点力所能及的服务，接受服务的不感激也就罢了，居然反咬一口。同伴也真是的，你为何不能宽容一个穷乏人呢？我们本不就是为了让他们知道，这世界并非完全冷酷无情吗？非弄得反目成仇、违背初衷才罢休。他真是心灰意冷，那曾经沸腾的爱，已像一丝若断若续的轻烟,即将熄灭了。这时,他看见一只和主人一起溜达的小狗。

S说,那是一只温顺沉默的黄毛柴犬,被一个心事重重的女孩牵着。它一边满脸关心地仰望自己的主人,一边颠颠儿走着,忽前忽后,忽左忽右,偶尔舔一下女孩的脚。它的眼神、它整张脸上的表情满是专注、热切、担心,恨不得要说出安慰的话来。几个牵着泰迪或博美或吉娃娃的男女从女孩身边走过。那些小狗或欢快,或天真,或懵懂,也一心一意地跟着它们的主人。女孩坐在台阶上,抱住柴犬的脖颈。柴犬激动得呼哧呼哧,拼命舔着女孩的脸、肩、背。此情此景,让四十多岁的S悄悄流下泪来。他说,他从小柴犬的身上刹那间得了安慰。因为那时他看见了你,确切地说,看见了你的美意:连一只小狗和另一只小狗都是不同的——不同的样子,不同的性格,不同的眼神和表情,不同的回应主人的方式……每一只小狗,都是唯一的小狗。他抬眼望向四周:每一朵花,都是唯一的花。每一只鸟,都是唯一的鸟。何况最像你、分得你灵性的人。每一个人,都是既陷在罪中又时有光辉的人。都是不可替代的人。都是至为宝贵的人。都是可能奔向你的人。都是唯一的人。你绝不强迫任何一个人听从你。你只是照着ta的个性,怀着无法测度的爱和忍耐,启示ta,等待ta,直到ta突然领受启示,认识了你,然后急不可待地奔向你。这是你爱人的方式。"我当效法你的方式。"S望着那只由你差遣的小狗,恍然悟道。

于是,他拿出手机,打给投诉者和他的伙伴,邀请他们来咖啡馆坐坐。这个正在失业、婚姻危机的投诉者,这个父亲刚刚罹患癌症的小伙伴,不都是我的弟兄吗?不都是经历了独属于他自己的人生,受了我所没有经验过的苦楚,既不信又渴望某种永不朽坏、永不暗淡、永不变冷的爱吗?啊,我凭什么恼怒他们呢?我凭什么忘记了自己一直葆有从你而来的这种爱,却不把它传递出去呢?S默默对你说道。

S没有告诉我,他和那"两位弟兄"都说了什么,以至于他俩握手和解。"一切只因为,爱的源头在工作。"他只简单地说了这么一句,就请我注意你借着那只小狗,带给他的启示——他要借着这件事,扑灭我的孤单,沮丧,不时冒出来的对死的渴望。

"这只小狗提醒我,要爱别人,"S对我说,"但是它也提醒你,要爱自己。"

亲爱的你,是否和我一样嗅到了鸡汤的味道?前面他的叙述,已让我隐隐感到这危险,当他说到"爱自己",我实在忍不住了:"啊,我可不像你那两位冲动的兄弟。我是个心智成熟的人,不需要精神按摩。我的病,对话疗法没法治,有药可以吃一点。"我说。

"吃药没用,"S斩截地说,"你的病在于,你和TA之间的通道被堵塞了,我来帮你疏通一下。"

"咱们还是回到那只小狗。当我想到'每一只小狗都是独一无二不可替代的小狗，每一个人更是不可替代至为宝贵的人'，这个判断里既包括他人，也包括自己。这意思是：我要在造物主赐予我的爱里，既爱别人，也爱自己。

"这'爱自己'的意思是，我欣然接纳TA所给我的一切没有被'罪'玷污的特质，即使它们在世人眼中是不好的。比方说，我生来肥胖，或生来脑瘫，或生来貌丑，我生在贫民之家，没机会受好的教育，没有威风凛凛的社会资源，没有卓越骄人的天赋才干，没挣来许多钱，没握有许多权……没有任何在世人眼中看为优胜和成功的东西，相反，我就是个不折不扣的普通人，失败者，倒霉蛋。但在造物主眼中，这样的我和世人眼中的任何卓越者有着同等的道德地位，同样被TA所爱。甚至，我若受苦更多，却仍葆有洁净热情的心，TA对我的爱会多过那些世间的幸运儿。因为TA知道，我的心比那幸运儿更谦卑，更宽广，更如炼净的精金。"

"TA更爱受苦之人？证据是什么？"

"我不说这证据在天上，在将来，只说现时。这证据也不在现时TA回报ta以苦尽甘来的安逸尊荣和'经济自由'，而在这儿：ta此时此刻虽处于物质和社会资源的匮乏之中，却仍葆有良心的平安、生命的成熟、感受力的丰沛、爱人之心的炽盛，并有脱离罪恶捆绑、不为生存忧虑的心灵自由。这是祝福万物同时祝福自己的自由,是类似诗人之眼的那种自由——随时随地发现、赞美、欣享世间每个事物那令人惊奇的唯一性。TA格外爱ta的证据,就在于ta格外受到光照而拥有的灵性自由。这自由不从金钱堆积的闲暇而来,而从负重之际对TA的仰望而来。这自由不来自'仓廪实而知礼节,衣食足然后知荣辱',相反,将'物质丰裕'作为追求自由的前提,作为衡量文明程度和个人素质的标准,正是撒旦的诡计:它知道唯有如此,人才能老老实实典当头脑、良心、身体和时间,供它驱使,并在仓廪衣食和真理自由之间出现张力时,理直气壮地站在前者一边,迅速遗忘和抛弃后者。真理中的自由不接受任何物质限定,因为她不从地上来,而从天上来,从TA超越于万物的爱和公义而来。当然,地上还有另一种抄袭神性的撒旦:它也反对'仓廪实而知礼节',也声称人要'狠斗私字一闪念',也号召人不要追求利益,只去献身真理。但它的意思是:你不要为自己追求利益,你要把追求它的利益作为你献身的真理……我是不是跑题了?"

"貌似跑题了,但却帮我看清了我的问题。一切都可归于一个问题。一切都是老问题。谢谢你提醒我。你不必担心我的求生意志不足了。"

经验丰富的心理师S深深看了我一眼,就放心地走了。

亲爱的你,感谢你差遣他来启示我,就像你差遣那只小狗去启示他一样,哈哈。

突然想通的 我
2021年9月10日

3

你好,

想念你。最近和一个三十来岁的朋友谈起你,无论如何都很难让他明白你,我感到沮丧。就想起去年发生的一件小事,那时的我几乎和现在的他一样呢。现在,我要向你讲讲那件事,好恢复我容易受挫的信心。

那是一个周末的傍晚,我开车,带着女友N和我们共同的朋友S来我家坐。其时我们三人在合著一本书,名叫《共同体的生活》,快收尾了,总觉得缺一个既日常又引人共鸣的案例,于是碰头一起商量。车快开到地下车库时,不得不停下,因为入口处新安装的自动起降闸关着。前头的司机们纷纷下车,第一辆车的车主是个精干的少妇,正跟闸门前的物管员理论:

"你给我开开,让我进去,免得拦住后面的车。"

"不行,你这车牌扫描通不过,不能让你进。"

"我是业主,我早晨离开还没事呢,晚上回来就进不去自己的车位了?我花物业费是为了让你拦着我的?"

"不是我不让你进，你的车扫描通不过怪谁？谁知道你是不是业主？你不是业主怎么能随便进车库？万一丢车谁负责？"

"嚯，我在这儿住了十年，突然连业主都不是了？就因为我没去物业重新上报车号？"

"对啊，谁让你不按规定上报车号？"

"没人通知我呀，你们物业干嘛吃的，这么重要的事，不挨家上门通知？"

"我们在微信群里通知了！你问问后边的业主，是不是都在群里知道了？"

此时我后面的车已排成长龙。焦急的车主们站出来，纷纷响应物管员："没错，我们都知道！你不看微信怪谁呀？赶紧把车挪一边，先让我们进去！"

女子怒了，索性把车熄了火："还有没有天理了？我们家没人在业主群里，也没人拉我们进去！怪就怪你们物业通知不到位，后果凭什么要我承担？！"

一个留寸头的车主："这算什么了不得的后果？无非是你先把车挪一边儿，现在去物业报一下车号，就这么点小事，你非横这儿耽误大伙儿时间，还有没有公德呀？"

女子对那车主："你少来道德绑架！不公平的事没落到你头上，你才随口说便宜话！就你这素质，将来你家失火都没人救你信不信？！"

寸头车主："你特么咒谁呢？你特么要不是女的我抽

144

你信不信？闭上臭嘴，赶紧挪车！"

物管员看着业主的内讧，嘴角弯起一丝笑。

我就看不得他这副心机得逞的样子，走过去对他说："你们啊，有责任通知到每个业主去物业重报车号，她没收到通知，是物业失责吧？你就该赶紧弥补，放她进去。"

物管员："那不行！咋能一开始就坏了规矩？我放她进去，还放不放其他不守规矩的？都放，新规定还咋执行？业主的车辆安全谁保障？"

戴眼镜的车主："起草规定之前，你们征求业主同意了吗？我们没同意，就用这规定限制我们？"

物管员："这也是为了业主的车辆安全呀！"

留寸头的车主："有规矩总比没规矩好。有了规矩就得执行！"

穿唐装的车主（对女车主）："您看看，就因为您一个人在这儿较劲，院儿外马路都堵了，耽误多少人办事儿？有必要吗？您还是讲点儿大局观，把车挪开，给大家伙儿行个方便，啊？"

女车主："事情到了这一步，更不能挪车了。这一挪等于承认拥堵都是我的责任了！这罪过我不能担！（指着物管员，对所有人）谁的责任谁来负！你们找他说！"

此时物业负责人带着五个保安威风凛凛地来到。

负责人："有话好好说！为了大家方便，您先把车挪一边儿，咱先解决拥堵问题，好吧？"

女车主："挪车可以，你们物业先在这儿对大家承认：是你们工作失误导致我车开不进去，导致交通拥堵，不是我的问题。"

负责人："这我们不能认。是您的车牌子没通过扫描，您要违反规定强行进入地库，造成了交通拥堵。"

女车主倚着车门："既然你们这么不讲理，那就怪不着我了。"

…………

车轱辘式的争论愈演愈烈：女车主要她的公道，物业公司要它的权威。还有一个宏大主题若隐若现：为了咱整个小区的生活质量和安全秩序，是不是得设计一个基于业主利益而非物管员方便的物业设施管理条例？这条例应由谁授权和起草？由谁表决通过？由谁保障其运行？物业公司有权不经业主同意，就将这一切程序大包大揽，强制业主服从吗？……这时我们才发现：住了十年的小区，业主委员会成员竟然是物业公司指定的！而物业公司是开发商指定的，这一点我们买房的时候就知道而且同意——不同意就不能买房，而以我们当时的经济条件，这个小区的房子只能是我们的不二选择……

当我们讨论得毫无头绪的时候，院外的汽车喇叭声震天。两名交警拨开人群，来到女车主和物业负责人面前。后者将交警拉到一边，低声嘀咕片刻，交警走向女车主："麻烦您把车挪到右边，先让别的车过去。"

女车主迟疑了一下,声音尽量坚决:"物业不认错,我不能挪车。"

交警:"您和物业之间的矛盾,不在我们的调解范围。我们的职责是维护交通秩序。您的车堵在车库入口,已经影响了小区外的道路交通。怎么着,要不我帮您挪车?"

警帽下不怒自威的眼神,周围寸头、唐装和众业主的催促,终于击垮了女车主。她默默打开车门,坐进去,启动车,挪到右车道。

围拢的车主们回到自己的车里。

"傻×!"

"还得来硬的。"

"给脸不要脸。"

"瞎较劲有什么好?"

……

交警站在女子的车边。车闸开启。物业胜利了。我是第八个开进地库的。我看着女车主被人竖中指隔窗而啐的情景,不禁叹了口气,对N和S说:"瞧瞧,先天不足的小区,不合理的规章制度,搞得业主遇事就内讧,物业越来越膨胀——简直不是物业为业主服务,反倒是业主为物业服务了。不成立真正的业委会监督物业,不把小区的各项制度健全了,施行了,这问题永远解决不了。可业主心不齐呀,这事根本做不成……"突然,一个主意涌上心头:"你们觉不觉得,这事还挺适合做咱们书里案例的?"

S大为赞成:"着啊,既日常又象征,我看可以!"

上楼,进家门,泡了茶,N说:"好是好,可我们要借它说什么?"

我:"这还不明显吗?我们小区——一个小小的'地缘共同体';业主和物业公司——以雇佣契约维系共同体运转的权利双方;今天的恶性冲突——表明原有契约因不合理而失效,需要建立新的公平契约;物业胜利,业主失败——表明权利关系颠倒,主人的权力和权利被窃取。出路:小区必须制度革新,重订契约,业主委员会必须重新选举,物业公司必须更换,只有这样,业主才能成为有尊严、有自由的业主,这个小共同体才能成为我们真正的家园。"

N:"你的结论是:必须先有好制度,才能有好的共同体,才能有好的人。"

我:"耶。"

N:"可是,好制度从哪儿来呢?"

我:"人建立的呀。"

N:"什么样的人建立的呢?"

我:"当然是,既洞察人性恶,又晓得如何限制这种恶的好人啦。"

N:"这种好人从哪儿来呢?拿你们小区来说,你们的业主是这样的人吗?"

我:"你刚才看到了,多数不是,他们的素质跟物管员差不多。"

N："所以，他们怎能给小区建立什么好制度呢？"

我："那……就注定没戏了呗。鸡生蛋，蛋生鸡。坏环境催生坏人，坏人使环境更坏，就这样坏坏循环，彻底腐烂。我们小区的未来就是这样。等将来我有钱了，就搬到优质社区去，眼不见为净。"

N："哈哈，你想用'制度决定论'给这个案例开药方，自己却都觉得行不通，对读者又有什么益处呢？"

我："启发他们思考啊！我们也就是谈谈而已，实践的事，留给别人吧。"

S："我们主张的东西，应当是我们自己能够做到而且对人有益的，否则没有说服力。写这个案例，可以先不考虑'社区共同体未来往何处去'这种大命题，只对读者提个小问题：今天的这场拥堵，怎么避免？换作你是那位女车主，你会怎么做？"

我："换成我，可能会出于从众心理，不等交警来就从了，拥堵不会那么严重。但我会自恨软弱，会呼吁读者：不要像案例中的寸头车主和唐装车主一样，跟物业一唱一和；要站在女车主一边，帮她摇旗呐喊，战胜物业，这样，业主的权利才不会被僭取。因为我们每个人都是自己生命、财产、权利的'业主'，我们随时可能遭遇侵害我们权益的'物业'。你说呢？你会怎么做？"

S："我啊，我会立刻主动把车挪到右车道，避免这场拥堵。因为这不仅事关我个人的权利和面子，还牵连到后面、院外的车，多少人急着赶路，要办各自的急事啊。"

我："你这是在倡导一种'凡事屈从'的行动观，只会纵容物业挟持群众，在业主头上作威作福。我为什么主张写这个案例？我是要请读者思考：我们这些普通人面对随时可能侵犯我们的强悍者时，该怎么做，才能既保存自己，又能让这世界更好一点？或者用一句时髦话吧：我们该怎么做，才算在过一种'正当生活'？你该回答的是这个问题。"

S："我就在回答这个问题呀。在我挪车之后，我要去物业公司重报车号，温和地提醒他们的疏失，建议他们未来工作当有的方式。即使他们听不进，我也既不敌视他们，也不惧怕他们，而是日复一日，把他们当作成长不够但会继续成长的邻居来和睦相处，慢慢彼此了解，相互影响。

"推而广之，我认为这就是生命和良心更成熟的普通人、'弱势者'，面对生命和良心尚不成熟的'对立面'——那些试图将不合理之事硬加给我们的强悍者时，所当采取的态度。这与弱者出于恐惧而屈从强力不同。这是精神自由的人，不再偶像化地看待制度、权力和权利，而采取的积极行动——爱，和睦，忍耐，影响，改变，以善胜恶。人若将制度、权力和权利偶像化，就会产生一些虚妄的意识。

"比如，握有权柄的一方会认为，我是你所有权利的源泉，我可以把它恩赐给你，也可以将它收回归我，无论怎样你都该顺从。承受治理的一方则认为，你既然统御了所有的资源和权柄，你就当负一切责任，而我没有任何责任；所有的罪过和败坏都是你的，而我没有任何罪过和败坏；我存在的意义就在于现世的公平和权利（自己的和他人的），如若从你那里得不到，那么我存在的意义就在于公开声讨和谴责你；如若公开不可以，那么我存在的意义就在于私下声讨和谴责你；除此之外，不存在其他领域的清理和拯救，若以为有，那是逃避真相的自欺欺人。此时也会出现一个意识的分岔，一部分承受治理者认为：或许存在其他领域的清理和拯救，但它未必能得到权力者的赞许——那可就太危险了，它不会成功，所以努力也没用，我更愿意平静度日，以私下的声讨和谴责来彰显我清醒高贵、绝不同流合污的道德价值。

"总之，我们倾向于认为，自己与他人权利的公正获取、能达成这获取的制度建构，以及与此相关的道德言说，才是生命意义唯一的起点，也是唯一的归宿。无数的道德故事和训诫塑造了我们这一信念。我们没想过，这权利（无论自己的还是别人的）、制度和道德如若成为人奋斗的终点，它就会成为被膜拜的偶像，我们就会成为这偶像的奴隶，只定睛于此，只以此为义，昏蒙了自由的眼睛。

"实际上,个人权利及其争取过程若不能在公共领域里实现和彰显,则私人领域里对它的主张、憧憬和谈论就没有意义,因这谈论不能建造生命,也不能滋润灵魂,它只映射物质领域的斗争痕迹。即便它在公共领域得以实现和彰显,也没有终极的价值,只有起点的意义。人是如此高贵的存在,以至于任何相对、有限之物被认作终极价值时,都会败坏人。所以,圣化这种权利斗争(现实的或想象的),其实是把相对性的事物绝对化和偶像化,它的结局只能是虚无主义。即便这虚无有其道德的初衷,秉有悲剧的美感,依然改变不了它结不出果子的本质。什么样的存在才应当被绝对、神圣地看待,并能从TA结出精神的果子?只有那绝对、超越而无限的'真理本体'才可以,相对性的事物只可安放在相对性的领域。"

我感到这话蛮有道理,听起来却有些刺痛。许多年来,我都坚信自己毫无问题,问题只存在于我的外面——强悍者,谎言者,又蠢又坏者,以及他们联手建造的坏机制。我认为得救的唯一途径,就在于机制、环境、外部世界的改良,而我写作的意义,就在于为这改良加添自己精神的砖瓦。S却告诉我,这个立足点错了,我只是个虚无的偶像崇拜者,真是情何以堪。我闷闷地说道:"既然得救的途径不在外部世界的改变,那在哪里呢?你言之凿凿地暗示还有'其他领域的清理和拯救',请明示,那是什么?"

S：“哈哈别急呀。既然我们不是权力和资源的支配者，就不要装作他们，只从制度、权力和权利的角度来思考。我们应当在我们的自由意志能够奏效的领域——生命和良心的领域，思考和行动。刚才的拥堵事件，其实是所有当事人——无论物业还是业主——在这领域里生病的表征。我们现在要想的是，如何在生命和良心的领域里医治自己。只有先医治自己，才能医治环境。”

我有点生气："比我良心坏的人多得是，凭什么要我先医治自己？应该先治最坏的人才对！"

S："你若以为只有先追究大恶的责任，才能改正你自己的小恶，你就不比大恶更好。你若因为世界是个大垃圾场，你就不清理自己家里的纸屑和烂菜叶，你就是个假装干净的人。不是吗？你为什么不可以先把自己家里打扫干净，布置鲜花，成为大垃圾场里的第一块净土呢？你为何不先让自己良心无亏呢？

"问题在于我们并不真的知道何为'良心无亏'。我们对自己良心状况的评估，只是来自与他人的比较。总有比我们坏得多的人，让我们想给他们上一课。我们对自己的道德无能并不真正知晓。相反，我们认为自己完全知道何为正义，且把这'知道'混同于'做到'，并自以为义。我们并不认为'知道'而不'做到'是一种良心的疾病，因为所有人都是这样。我们还以自己'知道'而别人'不知道'，或自己'做到的多'而别人'做到的少'，而睥睨他们。这同样是良心的变质。因为我们泯灭了爱和谦卑，而把知识变成凌虐的刀剑，去砍削和蔑视别人的尊严；把义举变成放债的资本，去催取和享用别人的感激。一旦我们觉得自己是如此高尚、完美、智慧、正直，以至于可以傲视芸芸众生，值得被人顶礼膜拜，我们的良心就被虫蛀了。

"所以，最需要医治的首先不是我们自己的良心吗？但如何医治呢？我们须先知道何为'无亏的良心'，才能医治自己的亏欠。如何知道呢？答案不在我们自己的身上，也不在世上的任何道德楷模那里。一切相对、有限的存在都不能提供答案。只有那绝对、超越的不可名状者，那颗无限的心灵，真理的本体，才可以。"

我："你前面说的我都懂，最后这句听得很懵——太抽象太神秘了吧。"

S："如果把'不可名状者''无限的心灵''真理的本体'这些词换成'你'，是不是好一点？"

我感到需要表现一下自己的哲学素养："就是马丁·布伯《我与你》中的那个'你'，'永恒之你'？"

S："回答正确。"

我可不是好糊弄的："创造者，启示者，拯救者，超越了一切相对性人格的'绝对人格'？"

S："加十分。"

我："可，这到底啥意思？我就没想明白过。"

S:"靠想是想不明白的,任何间接、繁复、理论化的思维和知识都无法帮你明白。你只有直接和TA建立人格对人格、生命对生命、真切鲜活的'我—你'关系,无限地领受,无限地得救,无限地被宽恕、被爱、被更新,你才能明白。这个咱就先不纸上谈兵了,你以后定会体验得到。我只想说,当'我—你'真正相遇时,你才会幡然醒悟何为'无亏的良心',并明白自己根本做不到——尽管你一直被人看作挺好的人。你会感到一种愧疚、急切而喜悦的动力催促你,竭力纠正和避免自己的罪错,看见他人的需要,爱、拥抱、原谅你遇见的所有人,包括自己的'对立面'。于是你开始卸掉你心中的怒气、怨气和戾气,甚至你以前所珍视的'批判性'都会变成末后的选项。你只带着肯定性的渴望,不计较自己在他人眼中的大小、尊卑、先后,只要是建造生命和滋润灵魂的事,于人有爱、有益、公正的事,无论言语还是行为,你都乐意做。所有人都是你的兄弟姐妹,即使他在所谓的'敌对阵营'中,即使他得罪过你或可能得罪你,你仍旧看他是可以得救的人。这就是我说的'其他领域的清理和拯救'。这是一场旷日持久的'爱的工程',可能你活着时看不到有些事的完工,但它绝不会烂尾。"

我:"'你将黄金世界预约给我们的子孙了,可是有什么给我们自己呢?'鲁迅这句话是引用阿尔志跋绥夫的,我改动一下问问你。"

S："和虚无主义者理解的'牺牲'不同，'爱的工程'不剥夺我们什么，反而给予我们一切——付出即是受益，建造即是居住，迈出了第一步即是抵达了永恒的终极。这一切都发生在灵魂里。也许你需要逆着自己的性子，忍耐艰难困苦欺压凌辱剧痛丧失，但尾随而至的良心的甘甜，会让你确认自己得到了一步到位的拯救。"

我用怀疑的眼光看着他。

S回应我的怀疑："我的过去你知道。我没有唱高调，没有说谎。"

是的我知道。他没有唱高调，没有说谎。

但是，我还有一个问题："你说你'原谅了所有遇见的人'，但是有些人，你是没有权利原谅的。你明白我说的是什么。"

S："明白。对这些人，'原谅'的意思是：我决定不去自己伸冤。我决定此生，我的手上，不沾任何血。也许有些人自己悔罪，那他就应当被原谅。也许有些人至死不悔，那么他良心的溃烂本身，就是他此生遭受的惩罚。在意义的终极处，还有更高的惩罚。"

在原理上，我同意他的观点。但是，还有最后一个问题："你的这些理念是动人的，可做了又能怎样呢？如果只是行动者自己心理感觉良好，世界却没有任何变化，那和心灵鸡汤有什么两样呢？"

在旁边一直埋头翻书撸猫的N，突然打破了沉默：

"不，静，你别轻看生命和良心本身那种轻柔的力量。我出于好奇，正在水培一枚牛油果核。它的壳又滑又硬又厚实，直径三厘米。我按着指点，给它接了一玻璃杯水，在它略软的底部扎进去四根牙签，竖立着放进水杯里，让水没过果核的三分之一。最初一周没有什么动静，我只是两天换一次水，保持那个水位。第二周，薄薄的果核皮开始裂出比发丝还细的纹路，并且裂纹越来越多。第三周，果壳本身开始有裂缝，似乎每天的缝隙都大一点，又似乎没什么变化，我怀疑它死了。第四周，给它换水时，发现整个果壳竟彻底裂开，露出一抹绿芽！我才知壳是那么硬，那么厚，如同一块石头的切面，那柔弱的绿芽就站在'石头'中央，胖胖的短根怯生生地伸出果壳底部。我看着这绿芽和根的奇迹，震撼得不敢喘息——生命那伟大的奥秘，竟以如此平凡的面目静悄悄地临到我：恒久忍耐的柔弱之力无所不能！这力量来自哪儿？怎么发生的？她究竟是一种怎样不可思议的微波，以机械物理学无法解释的能量，持之以恒地轻轻摇撼，缓缓推挤，慢慢生长，终于洞穿牛油果壳那石头般厚硬的铠甲？！

"这不是孤立的植物学奥秘，而是'永恒之你'赐予生命的普遍法则，是这伟大的法则构造了宇宙的秩序。它与趋向封闭、死亡和毁灭的熵增法则截然相反，并总是最终战胜后者。

"人只要愿意，也能这样。我一个朋友的朋友，本是一个打架斗殴、强横无理的精壮青年,听不进任何良言相劝——就像那枚果壳厚硬的牛油果核;他当兵时因为一个偶然的事故,成为高位截瘫——就像那牛油果核略软的地方被扎进了牙签;他在医院躺了两年,离不开呼吸机,一动不能动,也不能说话,只能对着汉语拼音表眨眼,由妈妈拼写出他想说的每个字,总算是有了点希望之光——如同果核皮裂出了细细的纹理;慢慢地,他能说话了,朋友送他一台微型呼吸机,他出院了,他躺在床上,鼻子插着氧气管,嘴巴能叼着细棍在电脑上触屏写字了,能在B站发视频了,网友们发现了他,和他交流了——如同牛油果壳有了细细的裂纹;一位心理医师找到他,给他做心理辅导,带他学习心理学,他的良心复苏,开始爱这世界,不再想自杀——如同牛油果壳彻底破裂,长出了嫩芽和根;他自学了心理学,考取心理咨询师资格,一些家长从网络上找到他,带着十几岁的孩子(就像他当年打架斗殴的年纪)到他家,做面对面的心理辅导,他帮到了孩子们,他由此得了真正的安慰、自由和释放——就像那牛油果的嫩芽已长成幼苗;我知道,他将来必能帮助更多人,必能得更大的自由和释放——就像那幼苗长成大树,结出更多美味的牛油果。

"就是这样。每个人,无论他多么刚硬多么'坏',都埋藏着得救的可能,就像牛油果核里隐藏着持久而柔弱的能量。但需要有人去扎牙签,换水,把它放在阳光下,这样，嫩芽才能破壳而出，长成大树，结出果子来。对这个青年而言，他的妈妈、朋友和突然出现的心理医师，以及后来找他做心理咨询的家长和孩子们，就是那阳光、牙签和水。就是这样，人和人，只有处在灵魂'相遇'的关系中，才能真地活过来。就是这样，生命和良心的领域能发生所有的奇迹。"

亲爱的你，我的记忆可能变形，但去年的那件事，那场谈话，将我引向了你，却是真的。啊，真希望我和这位三十来岁的朋友也能进行类似的谈话。但这谈话之所以能发生，是因为N和S不用言辞而是用活出来的生命，在我不知道的时候就默默说服了我。但愿我对这位朋友，也能这样。

谢谢你倾听我。

爱你的　我

2021年12月17日

在防止不幸和杜绝过错的岁月中,
她感到自己没有成长地衰老了。
她没想过这会是她最大的不幸与过错。

乙辑

探究写作不快乐的根源及应当快乐之理由

这位女友不经敲门就闯进我的家,坐在我面前道:"好朋友,我坐会儿就走,你听我把这篇儿话说完。说完,也许我就会快乐许多。"

我本想如此批评她这自私自利的想法:"哦,浪费我半天时间,只为你自己'快乐许多'呀?"但想到我不少的好朋友就是因被我这自以为无恶意的刀子嘴所伤,一个个离我而去的,还是吸取一点教训吧。再说,"倾听"在这个时代里已荣升为寥若晨星的美德之一,虽然我自己很少碰到,可也不能老让别人重复我的遭遇呀?于是我爽快地点点头,给她倒了杯茶,说:"好呀,说吧,说吧,我一定好好听着。"

"是写作方面的事。"她说。

"哦,写作的事。"

"我很想知道自己为什么越来越习惯把写作当作一件不快乐的事,咬牙捏鼻皱眉跺脚地去完成。当一篇文章的最后一个句号'啪'的敲完,救命的阳光才算穿窗而入,照亮我在写作过程中煎熬得日渐黑暗的内心。'黑暗的内心'是什么意思呢?一只幼猫在主人夫妇睡觉的时候被关在卧室外的黑夜里,它的内心就一定十分之黑暗:'喵,实在太可怕了,喵,这么大的黑屋子就我一个人,喵,一会儿所有的大妖怪都要跑来吃我了,喵,天快亮吧,主人快出来吧,我实在熬不住啦。'对我来说,许多时候写字儿的心境就和这只没出息的小猫相仿:小猫咪总是盼着主人把它抱到卧室去,我总是盼着手头的文章像天上掉下来的馅儿饼自动完成。两者之间的最大相同处,就是精神的等待状态,就是精神都受到了奴役。前者受奴役是因为猫咪没有自己生存的能力,后者受奴役是因为我让自己的精神陷入被动。我不知道自己的精神是何时何地和怎样开始被动的,我跟你说这些,很有寻找'阿里阿德涅线头'的意思,我真希望能够找到它,这样我便能恢复写作的自由和快乐。"她忽闪着眼睛,让那些啰里啰嗦的书面语从嘴巴里骇人听闻地汩汩流出,我知道她的眼前已经没有我,她已经沉入到她的那个无比熬人的文字世界去,沉入到她的苦恼中去。

"我想我在中学时代一定是立过写作的大志的，为什么会立这个志，一定是因为那时候觉得写作能带来快乐。那时我以为，写作最大的快乐就在于一个人能够堂而皇之地倾诉。有些话，如果你说出来，就会被当作神经病，但写出来却不会，相反，人们会把这些字儿视作'创造的结晶'而致以相当的敬意。那个时候我就亲眼见过一位高我两级的学兄，成天把自己打扮成为人所不齿的叫花子的样子，但在朗诵了两首自作的诗歌以后就被大家奉若神明。这件事启发我得出这样的结论：如果一个人性格抑郁不善交流，那她就写作，通过写作她可以倾吐郁结，拥有朋友。后来我知道这个想法是一个阴郁孤僻、没有朋友的女少年——我很难为情把'少女'这个酸溜溜的称呼用在自己身上——情急之下的白日梦，格调太过低下。我学习着认为写作不应用于如此自私的目的，它还应肩负一些了不起的使命。也许道理是这样的吧？但是经过几年漫无边际的字斟句酌，我现在又改主意了，我觉得中学时代的想法至少有一部分是对的：写作从根本的意义上说，应该给人带来快乐——无论对作者还是对读者。至于是哪种层次的快乐，问题就很复杂，而我喜欢王小波曾经反复重申的一个概念：有趣。有趣就一定能带来快乐。至于是哪种意味和层次的有趣，当然又是一个复杂的问题，它还牵扯到具体的个人趣味和广义的文化差异之类。现在个性意识发达得很，每个人都在嚷嚷自己与众不同，但是人类总会在一定的范围内有些共识。当然这么说又扯远了，而且不够有趣，我还是得把注意力放在探讨'写作不快乐的根源'上，而且要尽量说得有趣。"你的确应该说得有趣些，否则我就睡着啦，自己跟自己这么较劲，难怪写得不快乐呢。我心里暗想。

"不快乐在哪里呢？第一不快乐，在于不自由。想得不自由，写得不自由。当然不自由有许多外在因素——一旦我们意识到某些思想触碰了这些因素，敲键盘的手指便面临三种选择：1. 索性绕开；2. 用曲笔；3. 不顾一切，照直了说。照我看，1太没出息，3写了等于没写，因为它不能进入公共领域。于是只好走2的道路，而这就造成一种不自由。

"但是把'不自由'完全归结于外面的限制，是真正的推托之辞。我的问题更多地在我的头脑和心灵里面，在我的身体里面。我的问题在于我内心的警察太多。各方各面的警察，他们把我盯死，他们让我迟疑，他们使我瞻前顾后，自我怀疑，屈从权威，面面俱到，最后自我打消，彻底泄气了事。"

我同情地望着她。我不知道自己的目光是否也像一个警察。

"当我试图写一篇小说的时候，马上会有几十位警察先生跳出来指挥我的方向：

"'向左转！左转！你看鲁迅就在这边！加缪也在这边！君特·格拉斯也在这边！杜拉斯也在这边！所有你喜欢的拉斯都在这边！你要写什么？还不是同情弱者，批判社会，反抗强权！文学首先要政治正确！文学首先是一种道德！这一点你千万不要忘记啊！'

"'哎呀错啦，你应直行！应直行！把反讽的刀子狠狠插入敌人的心脏！什么是敌人？难道你还不清楚什么是敌人吗？你所厌恶的一切——愚蠢、无趣、谎言、不公正……难道你没见过拉伯雷是怎么扎人的？马克·吐温是怎么说笑话的？哈谢克是怎么捣蛋的？奥威尔和布尔加科夫是怎么刻毒的？王小波是怎么坏笑的？这是一个智力的天地！笑的王国！自由的乐土！快来，到这里来！'

"'他们说的都是大而无当的废话，你要右转！右转！你不觉得一个女人家思考那些自由啊公正啊什么的十分可笑么？关键是个人化。要优雅！要有品位！要知道哪里的冰激凌好吃！要知道什么牌子的香水最适合自己！要知道穿什么样的内衣最性感！要写这些怡情冶性的东西！要表现你的女人气质！要么你另类一点也行！要么你流氓一点也行！只要是个人化的就行！只是不要去思考什么社会！什么苦难！什么正义！什么人性！世界上根本就没有人性，只有兽性！苦难即活该！正义即蒙人！社会即兽群出没的场所！这些至理名言只要你铭记在心并付诸行动，我保你成为传世的大作家！'

"'快倒车！倒车！倒车！不要被那些大词蒙蔽了心灵！不要被时尚的玩意儿迷住了双眼！不要老考虑文学外面的世界！要进入到艺术里面来！重要的是人性的律动！重要的是进入人性的澄明世界里！重要的是情感！你怎样指挥情感的缤纷的跳舞？你怎样认识不同身份和处境的人物的内心世界？你准备好了吗？没有准备好就不要动手！'

"'写小说不需要看好多的书！不要过多地受书本的影响！就看你自己的感受！自己的经历！自己的观察！你对这个世界的了解到了什么程度？到了什么境界？想明白了没有？没想明白！你远远没想明白！你远远不了解这个世界！你甚至根本不知道注意生活的细节！你像一个无根的孤魂！你还根本不具备写作的条件！'

"'必须把所有的名著非名著看尽！你的眼前才能清晰地呈现已经存在过的所有道路！你才能够做出真正自觉的选择！否则，你就是一头盲目的困兽！你就是一个可怜的野蛮人！你是因为无知而写作，而不是因为智慧而写作！你看的书还很不够！还很不够！你还根本不能写作！'

…………

"如果一个人充分了解自己的特性，就会选择一个方向照直开去。我呢，我觉得自己各方面的气质都有一点，便往各个方向都试一试。试甲的时候：'哎不对不对，人家某某某已经这样写过了！'一个警察喊道。试乙的时候：'这样不好，这样不好！某某处理得比你高明得多，你得好好学一学！'又一个警察喊道。这样，当我写作的时候，我会一面痛惜自己把时间都浪费在制作这种不成熟的可怜文字上，那么多好书却躺在书架上没来得及看；一面还在心虚生活浅陋没有经验，如何能够去写表达对这个世界的看法的小说？写小说之日就是从经验到书本全面怀疑自己之时，如同被九百九十九双眼睛钉住后背，其直接后果就是：迄今为止我写了数不清的小说开头，却仅有少得可怜的结尾。那些断尾巴蜻蜓无助地躺在我的电脑里，无时不在抗议我这个施虐狂。可当我索性关掉电脑，拿起书本时，又开始惭愧自己毫无创造，是个只会索取不会奉献的笨人。我从小学习成绩好，怎能活着活着竟堕落成一个笨人？是可忍孰不可忍！于是又奋而起身，打开电脑……一句话，写字儿与不写字儿的过程都如同撒癔症，像你这样懂得快乐的健康人一定会嗤之以鼻。"

看来她内心的郁结释放得差不多了，她开始关心我的感受了。好在我觉得她虽有喋喋不休之嫌，可毕竟有点想法。敢把这些莫名其妙的想法对着朋友抖搂出来，也算是一个勇者，于是我安慰她道："我怎么会嗤之以鼻呢？我只是觉得你表达之外的事情想得太多罢了，这样会很累。"

"可如果我不想明白这些，我会不踏实的，会更累的。我跟你说，更不快乐的时候是写评论。这时候脑中不但有上面那些抽象的警察，还有不少具体的警察——我

探究写作
不快乐的根源
及应当快乐
之理由

的朋友，我的非朋友，我的敌人：某某是个轻松幽默的人，我很看重，他会怎么看这篇庄严肃穆的文章？某某是个严肃而唯美的人，我很尊敬，他会怎么看这个冷嘲热讽的东西？这里批评了'某某主义'，那个主义里我认识的某某肯定很不高兴；那里批评了某某现象，为该现象鼓吹的某批评家一定气得眼睛都绿了吧？也许他们一边生气还一边想：这个无名小卒有什么资格在我面前指手画脚？这个无名小卒敢藐视我的权威？这个无名小卒闻起来气味不对……必须承认，我之所以耳边会有这些嗡嗡声，乃是因为我性格的缺陷使然——我太过软弱，认识自己和别人又不够透彻，对任何他人的想法都太过看重，即便对那些自己并不看重他们、他们也并不看重自己的人们也是如此。好在这种软弱随着我对自己理当坚持什么逐渐明了，已经日渐消退，那些具体的警察，尤其是那些志不同道不合的具体警察的声音也越来越微小——见鬼去吧，你们。我写作，完全不是为你们而写，你们怎么可能不从我耳边走开呢？我写作，完全不是面向你们狭窄的天地，你们怎么可能还在我的视野中出现呢？我写作，完全不遵循你们成功的路径，完全看透你们声名的败絮其中的本质，你们怎么可能还在我心中留有一席之地呢？如果有一天，我的耳边没有一个具体警察的声音出现，那么我一定是进入了一种快乐绝顶的写作，这种写作的境界如此崇高，只服从自己的心灵。而这个心灵，她又不是一个武断的东西,她形成于自己的生命,形成于自己所倾慕和投身的那种价值。如果没有修炼好,那价值就会变成抽象的警察。如果修炼得好,那价值就化成生命的不竭的源泉。"说到这里,她的声音竟像在唱歌了,那是福至心灵的一种声响。

"哎呀,我的好友!跟你说了这么一长篇儿的话,我真有畅快的感觉了!我说着说着才知道:写作不快乐的根源,乃在于内心的警察太多——除了上述的警察,还有诸如逻辑的警察,学理的警察之类……如果写作变成在警察们的各种指令下,一个妥协和修理自己的过程,那么写作肯定是毫无乐趣可言!相反,心智在选择词语的举棋不定中耗空了自己,时光流逝,智慧和知识并未增长,却只余一点乏善可陈、换了谁都能写的文字作为时间的痕迹,这实在是一件可哀的事情!因为意识到它的可哀,意识到了受警察的牵制而使精神遭奴役的可耻,那不快乐便加倍地浓重。

"而写作却应当是快乐的!因为写作的目的是自由而不是奴役。是飞翔而不是坠落。是更新文明而不是复写文明。是创造自己的所知所感而不是验证和追随别人的所知所感。写作是说自己想说的话而不是说警察认为应该说的话。写作是明知幼稚但还是要说,因为她知道在说话的途中创造的图像便会渐趋完美。对自卑者来说,写作是一种自我肯定的勇气。对自恋者来说,写作是学会谦卑的路径。对所有人来说，写作来自自我又超越自我，她使人意识到人类文明的浩瀚无尽。她可以学习无数的技艺但不可被技艺淹没，可以学习无数的知识但不能被知识压迫，可以领略各种思想但不可被思想所箝制。内在精神在斗争和纠缠之后重获自由，那种自由所产生的表达欲，绝非最初的倾诉欲可比。这是开放的世界和无穷的宇宙任我翱翔的自由，但首先，是掌握了翱翔之可能的自由。写作因此面向未知而有趣的世界，写作也因此面向流逝的韶光，无尽的文明，那些记忆中永难消逝的面孔，以及从未谋面的远方的陌生人。现在，我告诉自己：我的写作将与这些相伴，它会是一个充满快乐与悲伤的旅程。但永远不会是被奴役的旅程。"不得不承认，我很同意她所说的话。

2001年9月

磨刀霍霍

栓叔扛着锄头,走在回村的路上。如果栓叔活到现在,他就不用扛着锄头,呼哧呼哧地走在路上了。他的女儿桔黄会说:爸,我和大龙去果园就行了,你在家看着珊瑚做功课吧。可十五年前,栓叔种的是庄稼,也没有大龙和珊瑚。所以,栓叔只能愁眉苦脸地走在回村的路上,肩扛着锄头。

他妈巴子的。栓叔咕哝道。栓叔是很郁闷的。天气是这样热,穿背心都热。虽然热天对自己的肺气肿有好处,可是,对心情没好处。栓叔很郁闷,这全村都知道。他妈巴子的。离家越近,栓叔越咕哝。这个王八羔子要是还躺在炕上，我就用锄头锄他，就像锄地头的草一样。栓叔下决心似的往土路边上吐了口痰。他还叫儿子吗？他简直是我爷爷，不，我祖太爷爷。他妈巴子的。栓叔右手的大拇指堵住了右鼻孔，往地上擤了下鼻涕。瞧他那双死鱼眼，也是留不住媳妇的料。找媳妇，找媳妇，你还有脸说？你四十岁的人了，有能耐自个儿找啊？找你爹要媳妇，你爹连饭都吃不上，你和你那个小孽种还得我养活呢，你的三个妹妹还没嫁人呢，找你爹要媳妇？妈了个巴子的。栓叔抹了下鼻子。你再提这个茬儿，老子今儿个就锄了你。栓叔黑着脸，走进院门。

栓叔总是这么黑着脸，走进院门的。宣传都习惯了。栓叔就宣传这么一个孙子。宣传。宣传。这个名儿还是他那个不要脸的妈起的呢。那个妈，长得一张倭瓜脸，没啥文化，可形势跟得紧。生他时，正赶上宣传什么来着？反正就叫了他"宣传"。"赵宣传"，按说应该把名字给他改了。娘都偷着跟了别人，撇了孩子扔了丈夫，还留她起的名字？太没志气了。再说同学都笑他——"照着宣传什么呀？"都问。可是，唉，这样的光景，没闲心弄这些。在没闲心的心情中，转眼宣传就十四了。

"爷，回来了？"宣传把锄头接过来，竖在院墙脚。这孩子会来事，比他爹强多了，就是不太勤快。像他妈。栓叔瞥了宣传一眼，径直走进屋里。不像他爹就行。

儿子并没有躺在炕上。栓叔的黑脸白了一些，皱纹也松弛下来。

他想问宣传：你爹呢？可又觉得不好意思。爷儿俩除了干嘴仗，是从不说话的。仇人一样。邻居们都知道。邻居们的娃子要是不听话，家长就会这样谴责他们："难道你要像大梁那样气死我们吗？""难道你们要做大梁那样连媳妇都拴不住的废物吗？"其效果胜过任何其他的说教。

桔黄把饭桌摆上炕，端上来一碟盐水豆，一大盆烀茄子，一碗大酱。二十三岁的桔黄，像一棵粗壮的高粱，神情却很淡漠。也该嫁人了。栓叔望着桔黄，心里说。还有二十二岁的老二和二十岁的老丫头，都该嫁人了。一晃的工夫，闷声不响的，就都大了。栓叔盘腿坐在炕头，用手撮着烟卷。丫头们都嫁了人，家里就剩下三条光棍了，算上宣传。唉，宣传还小呢，不能叫光棍。宣传可不能当光棍。光棍可不是好当的，上辈子没积德的，这辈子才当光棍哩。老天让他尝尝没有女人的滋味。宣传是好孩子，嘴巴灵，心眼多，会算计，将来不会吃亏。这样的娃子，女人愿意跟。不像他爹，窝囊，比我还窝囊。要不那娘们也不会跑。

宣传娘跟人私奔的时候，宣传只有两岁。那时候，大梁是个壮小伙子。很傻的壮小伙子。能干活，也爱干。就是怕媳妇。那个倭瓜脸媳妇。就她那张倭瓜脸，还嫌婆家穷。一骂穷，大梁就很老实。媳妇让他往东，他不敢往西。让他打狗，他不敢撵鸡。可媳妇还是让他欢喜。每天，从地里回来，吃饭；吃完饭，熬天黑。天一黑，他就忙着和媳妇干那事儿。干出了小宣传，大梁像得了巨大成就，就不怎么忙那事儿了。

直到那天，八点多了，还不见媳妇回来。全家都出去找，邻居也帮着找。粪坑都掏了，没找着。后来发现赵保财家雇的小木匠也没了影，大伙才明白。小木匠是哪儿人？找他家去！大伙嚷嚷。没用的赵保财，雇的木匠哪儿人都不知道。找遍天下的木匠？放你娘个屁。你找找看。栓叔听着大伙的七嘴八舌，觉得胸闷。瞧瞧儿子大梁，惨白着脸，蹲在地下，他不禁怒火中烧，一脚把他踹在地上。栓叔带着痰气的声音全村都听得见：你个废物！媳妇都看不住！天天都干嘛吃了？嗯？！你裆上的东西白长了？嗯？！你爹穷了一辈子，好不容易给你熬出个媳妇，你还让她跑了？嗯？！

栓叔意识到，那夜是大梁一生的转折点，也将是他一生的转折点——将把他带到一个更不快乐的人生。栓叔从没总结过，但是他明白，转折点的种类不外乎两种：从一个穷得叮当响的光棍，变成一个雇得起木匠的一家之主，像赵保财那样的，这是一种转折点，福气的转折点；从一个没病没灾、有老婆照应的大男人，变成一个病恹恹的孤老头子，像自己这样的，也是一种转折点，这是倒霉的转折点，折在老婆五十岁过世的时候。他想不到自己这辈子碰上了两个转折点，而且都是第二样。他有点恨。恨谁呢？他这满腔的仇恨找不着主儿。大女儿才十一，老二才十岁，老丫头才八岁。一家子的活儿，除了自己，就是大梁和他媳妇了。可现在，媳妇跑了，大梁的精神支柱也就塌掉。这一家子的重担，就落在他老栓一个病歪歪的孤老头子身上。妈了个巴子的。栓叔茫然四望，想找一个出气的地方，瞥见的却是没边没沿的苦，累，穷，和孤单。怨不得别人，也找不得别人说。他只是气不忿：儿媳妇咋那么没人心？儿子咋那么不中用？

那夜以后的大梁，好像换了一个人。他不再天蒙蒙亮就爬起来，等着吃饭，然后扛起锄头，哼着小曲儿，往地里溜达。他要大睡，睡到日上三竿，睡到他爹中午回来。他躺着，等着爹破口大骂，然后开始他一天的第一项工作：针锋相对、沉着冷静的反击斗争。大梁的嘴巴是练出来了，喜怒不形于色的本事也有了。栓叔说："你个废物，白吃饱。"大梁就说："对嘛，啥种结啥瓜。我是你的种，咋能不废物。"然后仰天长叹："我咋是你的种啊！"栓叔说："不劳动者不得食，你要想吃饭，就给我下地去。"大梁就说："我身体没力气，饿肚皮不是社会主义。"然后就主动出击："你土埋半截子了，没女人就没女人。我还不到三十，女人的滋味还没尝够哩。要不是你这个窝囊爹，我也不会是今天这样。"栓叔劳作了一辈子，可没有让自己的脑子得到过足够的劳作，所以嘴巴就跟不上，也没有雄辩的道理反击儿子的混账说法。他只是感到狂暴的愤怒像台风一样,冲进了衰老的心脏和残破的肺。"妈了个×的,我整死你得了!没良心的东西!我累死累活地养活你们,还挨你们的骂!我把那粮食喂狗,他还冲我摇摇尾巴哩!喂了你们,就得了这个骂?!"栓叔在狂怒之中捕获到一股虚无的情绪,这情绪使他愤怒的对象由单数扩散为复数,扩散到所有的子女和孙子的身上。桔黄、老二和老丫头就都惭愧地低下了头,深恨自己不该生在世界上。

然而不管怎样的怒骂,痛打,大梁是回不到原来的大梁了。除非给他再熬个媳妇。可是,哪儿那么容易的?栓叔家的穷,大梁的癫子名声,已经彻底断了这希望。在彻底的无望中,大梁日益变得无耻。

在一个中午以后,栓叔就再也无法克制对自己这唯一一个儿子的厌恶之情。

那个炎热的中午,栓叔一进外屋,就听见男人的呻吟,干那事儿的呻吟。妈巴子的,他还够有本事的。大白天,真不要脸。栓叔咳嗽了一声,礼貌地等了一袋烟的工夫,才推门进了屋里。他看见大梁一个人赤条条地躺在炕上,眼睛瞪着自己白浆浆的手指,肚皮上,也是一摊白色。屋里没有别人。栓叔盯着大梁,大梁也把目光对准了栓叔,笑吟吟的。正午的阳光透过窗棂晃着栓叔的眼睛,一股浑浊的火从胸中涌向栓叔的喉际,变成了一声绝望的怒吼:"你……你……你还是不是个人哪!"浑浊的老泪顺着他沟壑纵横的脸流了下来。大梁却还是笑着，一边擦着肮脏而又日渐干枯的身体，一边说："你不给我解决，我就自己解决。咋样？给我解决了吧？"

"好！妈了个×！爹给你解决！从根儿上解决！"栓叔转身到锅台旁拿了菜刀，朝大梁的那个地方砍去。大梁轻巧地躲开，抓住栓叔操刀的手腕，把擦身的破布扔到栓叔的鼻子底下。

妈巴子的，简直是畜生。十二年以后，栓叔坐在炕上，抽着烟，想起那一幕，肺部就会像个不中用的风箱，呼哧呼哧。桔黄把高粱米饭端到栓叔面前，说："先吃吧，爹。"栓叔想说："等会儿你哥。"但把话又咽了回去，只说："再待会儿。"

待了会儿，栓叔听见大梁哼哼唧唧地进了院，进了屋，走到炕边，走到他面前。他抬头瞟了大梁一眼，见大梁也在似笑非笑地望着他。桔黄、老二、老丫头和宣传也都站在炕沿旁边。栓叔说："站着干嘛，上炕，吃饭。"端起碗，先扒了一口。

在沉默中，一家子吃了一会儿。桔黄没话找话地说："赵保亮家的今儿个生了。"

"丫头小子？"老二做出挺好奇的样子。

"小子呢。"

"第二胎，生个小子，心就落底了。小菊还是能够。"老丫头发挥道。

"小菊哪有宣传他妈能够。宣传他妈头胎就是儿子。咱村也没有几个像宣传他妈那么能够的。"大梁嚼着高粱米饭,兴高采烈地说。

宣传偷偷瞥了爷爷一眼。爷爷的脸色又在发黑。于是他就狠狠地剜了一眼自己的爹。

"大梁,你就不能要点儿脸。"栓叔瞪着大梁,拿筷子的手哆哆嗦嗦的。

"爹,我不能。"

"人活一张脸,树活一张皮。你也是四十岁的人了,当孩子爹也有十四年了,咋就活不出个人样。"

"爹,人样是啥样?在咱家活了四十岁,我还没见过哩。"

"你……你个王八羔子!"栓叔"啪"地把碗蹾在桌上,高粱米饭粒溅了大伙一脸。栓叔的黑脸涨得紫红。

"对!我是王八的羔子!可王八羔子还有母王八陪着哩!我这么一天到晚地过,连个母王八都没有,我还不如一只王八羔子哩!对吧,宣传?你爹还不如一个王八羔子哩!"大梁慈爱地摸了摸宣传的脑袋。宣传厌恶地躲开了。

"哥,别说啦。"桔黄捅了大梁一下。她发现爹的脸已经紫黑到了极限。

"凭啥不让我说?"大梁一甩袖子,眼盯着栓叔,"告诉你,老头子,我这四十年已经受够了你。家不管多穷,可总得有个乐儿。我得着什么乐儿了?妹子们得着什么乐儿了？我好不容易有了宣传他娘，有了点乐子，可她又把这乐子带跑了！她为什么跑了？还不是觉不着乐儿吗？还不是觉得跟小木匠比跟我有乐儿吗？为啥她这么觉得？她嫌咱家闷得慌！为啥咱家闷得慌？那是因为你呀！老头子！你那张黑脸从我生下来就开始沉着，好像我欠你八百吊似的，谁看了心里不堵得慌？！我是你儿子，堵得慌也得在家待着；她可没义务陪到底！你老是说，有本事自个儿找媳妇！凭啥我自个儿找媳妇？你给赶跑的，你得给我追回来！你追不回来，得给我赔一个！听明白没有？赔一个！"大梁瞪着血红的眼睛，嘴边冒着白沫，剜心的话语连珠炮一般，朝栓叔的头顶轰去。

"好你个王八羔子啊！"栓叔狂叫一声，把盛着高粱米饭的碗砸在大梁的脸上。

血，顺着大梁的鼻孔流淌下来。大梁抹了一把，欣赏着手上的血迹。他飞快地下了地，骨碌着大眼睛四处寻找。他蹿出屋子，来到当院。栓叔以为他是怕了，要逃，心想要彻底教训教训这个狗娘养的，也跟着来到当院。大梁看见了竖在墙角的锄头，眼睛一亮，一把抄起来，举过头顶。

"好小子！你有种，往你爹脑袋上砸！来呀！砸！"栓叔指着自己的脑袋，喊道。

"老家伙！你甭以为我下不了手啊！你要是不跑，我可真砸啦！"

桔黄、老二、老丫头和宣传在烈日下已经看呆了。他们没闹明白，事情怎么就到了这一步。

"好你个窝囊废啊！你没本事留住媳妇，没本事下田种地，可有本事欺负你爹！你生下来的时候，我就该把你闷死！你会吃饭的时候，我就该把你饿死！你该娶媳妇的时候，我就该不给你娶啊！你个小王八羔子！"栓叔声嘶力竭地骂着，骂得大梁的脸扭曲如蛇。大梁再也不顾忌什么，举起锄头，朝栓叔身上砸去。

栓叔"噌"的一闪身，躲过了这次恩断义绝的袭击。大梁真成了畜生了啊！他已经不再管我是不是他爹了啊！他真要杀我了啊！这个祸害，让全家不得安宁的祸害啊！真不如早除了他啊！栓叔一边被这些绝望的念头折磨着，一边在院子里奔跑着，躲避大梁疯狂的追杀。大梁是疯了，他举着锄头，在烈日下，追赶他白发苍苍的父亲，一心要让他死。他的妹妹和儿子是傻了，呆呆地望着眼前的情景，毫无反应。

突然，栓叔蹲下身，回手抓住大梁的手腕，把锄头的一端攥在手里，大喊："宣传，快来帮爷一把！把锄头给我抢下来！"

宣传闪电一样蹿过来，夺下大梁手中的锄头。

"宣传，给我砸！砸死他！往死里砸！快！除了这个祸害！"栓叔气喘吁吁地嚷道。

宣传咬紧牙，举起锄头，照准父亲的头，一下子猛砸下去。

很闷的一声响，大梁倒了下去。宣传又往父亲的头上砸去，一股红色和白色混合的液体，从大梁的后脑涌了出来。脸朝下，大梁一动不动。

"活过来，咱家就再也没个好了。"宣传说着，朝父亲的头上砸了第三下。一个深深的洞，出现在大梁的后脑勺上。

宣传吁了口气，回头望着爷爷。望着三个姑姑。望着地上的爹。苍蝇欢快地在大梁的脑袋上盘旋，时而落下，吸食着新鲜的血。

栓叔蹒跚到大梁的身体前，蹲下，把手指伸到大梁的鼻孔底下。没有气息。彻底的没有。死了。这个祸害，再也不会闹得大伙儿鸡犬不宁。三个女儿要出嫁。宣传要娶媳妇。现在，这个家干干净净的，再也没有讨人嫌的地方。可惜，宣传还有点小，得他大姑照应着。桔黄还厚道，会照应他的。

"大梁是我杀的。"栓叔说。他望着三个女儿，她们正直呆呆地盯着兄长的尸体。这个从没有被她们当兄长看的兄长，他死了。

"宣传，你爹是我杀的。这个，你要记住。"栓叔摸着宣传的脑袋。宣传瞅着自己的手。是这双手，送走了自个儿的爹。

栓叔走进屋里，收拾了几件衣服。也没啥衣服，都是十几年前的，那时候老伴还在，是老伴给做的。老伴一没,就没穿过新衣服了。没有袜子。没有就没有吧。

"桔黄,你哥的后事,只好你料理了。我去自首。"栓叔说。

走到院门口的时候,栓叔转过身,对宣传说:"你才十四,一定给我好好活着。你爷今年六十四,够了。"

法院根据栓叔的供认和对八台子村的调查,判处栓叔无期徒刑。村民们都说:想不到老栓老实巴交的人,却要在监狱里咽气。果然,两年以后的冬天,栓叔在监狱里咽了气。死于肺气肿。

收尸的那天,桔黄和她的小妹妹一起去了监狱。屋里寒气森森,一张旧床单盖在栓叔的身上,双脚露在外面。一双结满老茧的光着的脚。桔黄说,她不知道爹没有袜子,每次见他,都穿着鞋,看不见脚。

今天已经是栓叔去世十三年以后了。他的三个女儿早已成家。就连宣传都已长成一个高大的汉子,娶了妻,生了子,做了建筑队的包工头。据说,他常打老婆。据说,他在醉酒的时候,就骂骂咧咧的,骂世道不公,骂人心不古,骂他没得好死的爹和当过罪犯的爷爷,给他自己的英名抹了黑。

1997年7月

子曰

这天晚上。在所有地点。所有人。他们在交谈。

1

"陶"酒吧。时髦男女五六人,24—32岁不等。

山羊(黯然神伤地):一件事,天大的事,发生了,你们能猜得到吗?

笨牛:我从来不猜。都等着别人告诉我。

百灵(对笨牛):要是告诉你的是谣言呢?

笨牛：那就等着辟谣呗。

麻雀：敢情笨牛是装笨啊。

狐狸：这一点我早就看出来了。

刺猬：所以该把所有的笨牛都杀掉。韩国人就是这么干的。

笨牛：那是因为人家那儿有了口蹄疫。

刺猬：你比口蹄疫还招人恨呢。

笨牛：我怎么了我？招谁惹谁了？都冲着我来？都这么咬牙切齿的？

百灵：今儿个大家气儿不顺。你先委屈点吧。

笨牛：我不干。凭什么呀。上完班躺累的，来这儿就图个高兴。不高兴我找你们干吗？还不如找我老婆呢。

麻雀：别打岔，今儿咱谈点严肃的。是时候了。

狐狸：要不天天穷泡也忒没劲了，来点严肃的今儿个。咱山羊开了个好头——说吧山羊，出了什么大事了？

百灵：每天的大事多了去了，不过是得装点儿糊涂罢了。可今儿咱不想装糊涂，说，山羊，有什么大事？

山羊：大事是……（热血沸腾地张了张嘴，举头四顾，但瞬间就垂下头来，堕入根深蒂固的习惯之中）我家的沙皮狗豆豆……呜呜……病了。

众人（恼怒地，感到受了愚弄地）：我操山羊，涮人呢你！我揍你丫的！

186

表兄妹俩。表兄家。

"什么？你想写小说？先把床上功夫练好吧。这是我的肺腑之言。"

"另外，你还要知晓所有酒吧的名字和地点，熟记几样洋酒的名字和颜色，提及高档香水和高档时装品牌时你要表现得既深谙此道而又漫不经心……当然以你的生活水平要达到这一点挺难的，所以得找几本时尚杂志好好看看。"

"千万别不小心把老舅是下岗职工这件事说出来。要表现得好像一个劳动人民都不认识。要颓废得好像一摊屎。然后我给你在杂志上发一发。然后我发动几个哥们儿给你写两篇评论。没准儿能火。"

"别那么心不在焉的！别把我的建议当作耳旁风！要记住'功夫在诗外'的古训！"

"……可是你拿什么谢我呢？说实在的我捧你这件事对我来说索然无味，它破坏了我一向的游戏规则。"

"别再跟我谈写作了好不好？还这种题材！矿工偷吃鸡饲料有什么稀奇的？我还时不时地想吃两个玉米面窝头呢！不都是玉米面的吗？像你这种劳苦大众的思路想在今日文坛上混呀，难！"

"文坛时尚化了你不知道?加劲儿闹几次'行为',再瞒几岁,你就成文学新新新人类的代表了,我也顺便捞个文学新新新人类的领袖当当。看来你只能这么报答我了。"

沉默,女孩子的哽咽声。男声有所节制和松缓:"表妹,把眼泪擦干,忘了他吧。(凝重的停顿)记性太好将使你犯下不可饶恕的罪孽。"

3

"××研究会"举行的小型酒会。学者十来人。

伦理学家A(对翻译家B):今天是不该喝酒的,但是我想醉一场。你呢老兄?
翻译家B:同感啊,老兄。
伦理学家A:那就醉一场吧,老兄。我从来没有醉过呢。醉是什么?醉是和最清醒、最本质、最纯粹的意识在一起。醉是把平常故意忘掉的事想起来。醉是"说",是废黜平常在嘴边把门的卫兵,是敞开心的大门……(将一杯白酒一饮而尽)我想敞开心的大门。
翻译家B:那就敞开吧,老兄。人总会有憋不住的一天的。

哲学教授C（看着他俩）：您二位好像很激动啊。老A，别忘了今天的聚会是讨论你的建议，你得先谈谈《良知与国民的精神结构》这本书的整体思路。

经济学家D：然后我也要谈谈国民的精神结构和社会效率的关系。

文学史家E：这个角度好，很好。

社会学家F：不错是不错，但是不是一定要做？太大众化，不算什么学术成果。

历史学家G：此言差矣，老F。不管怎么说，不同学科的学者就一个主题共同写一本书，在国内还是第一次。（仰头，憧憬地）足够在思想史上留下一笔了。

政治学者H：这本书的题目伦理学气昧极浓，我说老A，别光顾了喝酒，发表一下你的高见。

伦理学家A（冷笑了一下）：我的高见是：咱们——不，我——十足虚伪，还有什么资格讨论"良知与国民的精神结构"？笑话。

政治学者H（自信而又矛盾地）：不能这么说啊，老A！我们还算是最清醒的一群人吧！我们写的文章对国人还算是有启发吧！我们已经最大限度地给他们提供了有关现实的知识，告诉了他们人类最普泛的价值原则，这还不够吗？（痛苦地转向A）你觉得我们还能承担更多吗？

伦理学家A（不回答H，对大家）：刚才老B给我讲了一个卡珊德拉的故事，我觉得有趣。老B，您再讲一遍，给大伙分享分享。

翻译家B：大家早就耳熟能详了，讲它干嘛。

众人：别谦虚，讲讲吧，讲讲。

翻译家B：好吧。说是特洛伊战争打到后来，阿耳戈斯人久攻不下，俄底修斯想出了木马计：匠人们造出一匹巨大的木马，让阿耳戈斯最勇敢的武士钻进马肚子里，然后把它停在特洛伊城外的海滩上。他们派英雄西农施展巧舌，说服特洛伊人相信这木马是阿耳戈斯人献给雅典娜的祭品，可以搬进城去。几乎所有特洛伊人都相信了西农的话，都急着要这件巨大的令人开心的玩具，即便拉奥孔刺向马腹时发出空洞的响声大家也充耳不闻，即便搬动木马时里面发出金属碰撞的声音他们也充耳不闻。他们被围困了十年，失败的情绪在他们的心头笼罩了十年，他们太急于相信这胜利是真的了，太急于认为所有的危机都已经过去。只有预言家卡珊德拉拥有洞见未来的才能——她经常说出真实的话，但是她的话从来不为人所信。这一次她看见了特洛伊城即将毁灭的前兆，马上从宫殿里奔出，一边疾走一边呼喊："特洛伊要毁灭了！烧掉那木马还来得及！我闻见了血腥的味道杀伐的气息！那气息就来自那马腹里！烧掉那木马！我们就会改变神降给我们的厄运！"没有人听从她的话。"啊！我就知道，即使我说出一千个最准确的预言，也不会有人相信其中的一个！因为你们都被怯懦和贪婪蒙蔽了双眼！因为国王需要证明他的权威，将士需要证明他们并非无能！你们需要一个美妙的假象来满足自己的虚荣，但是你们不知道展示假象的过程正是把你们一个个送进坟墓的过程！天啊，复仇女神的脚步是不可逆转的！你们将覆亡在她疯狂的笑声里！"卡珊德拉激烈的呼喊不但没有引起特洛伊人的警觉，反而招致所有人无情的嘲笑。但卡珊德拉的预言还是实现了。特洛伊城毁于木马。

文学史家E：故事的确有趣，也的确不新鲜。

哲学教授C（自言自语，不让别人听见）：不，很新鲜！足够我写一本《卡珊德拉神话》的！如果写得好，真可与加缪的《西西弗斯神话》相比肩！啊哈，这可是融合了中国人独特体验的一部著作！足够赢得所有国际同行的尊重和青睐！如果辞采漂亮没准能成为一本高档畅销书！啊哈！……

社会学家F（自言自语，不让别人听见）：我应该回去做一个课题，就叫"中国的卡珊德拉群落研究"，会在国际上有影响的，会引起广大读者的共鸣的……

心理学家I（自言自语，不让别人听见）：应该建立一门

"特洛伊心理学",从几个线索进行分析:1.一匹巨大的木马突然静静地矗立在城外,这件事难道不够蹊跷吗?为什么特洛伊人却放弃了最起码的追究,而听信从敌人阵营里来的逃犯的话?2.马腹的异响如此明显,为什么会逃过特洛伊人的耳朵?3.卡珊德拉以前说过的无数预言都已被现实所证实,人们已因没有采纳她的建议而遭受过重大的损失,为什么还不吸取教训,不听一听她这次的警告,及早防范毁灭的降临?嗯,这再次证明了我所发现和命名的"危机时刻信息筛选心理机制"是正确的……

历史学家G(扫兴地):我们虽然可以从神话中追索历史的踪迹,但是这个故事本身却没有学术价值。还是谈一谈"良知与国民的精神结构"吧……

伦理学家A:良知与国民的精神结构的关系就是一杯水和一场大火的关系一杯水固然救不了这场火但是你不泼出去这杯水却是有罪的来大家干杯吧和天上的亡灵一起干杯权当是干一杯良知的水……

4

秘室。一位黑衣男人坐在宝座上,一手拿着鞭子,一手抚摸着一个跪在他脚边的男人的头。其他男人都浑身赤裸，颈套项圈，跪在宝座的下面。

黑衣男人：就这样存在。

跪在他脚边的男人：是，主人，就这样存在。

跪在下面的男人：是，就这样存在，伟大的主人。

2000年4月

一个流氓的诞生

我坐在公共汽车上,看见路边一个民工模样的人手里攥着两只擦汽车用的暗红色线掸子,冲着因为红灯而在他身边停下来的出租车连连挥舞,还弯腰对司机说着什么。显然,司机没有理会他的大力推荐,强忍着提防和不耐烦的情绪听他聒噪,一俟绿灯亮,就赶忙把车开走。汽车一走,他就直起腰来,冲着车的背影满不在乎地吐口痰。如此几次都是这样。他头发蓬乱,脸如锅底,身上穿了一件因肮脏而呈土灰色的破棉袄,和这座城市空气的颜色混为一体。他长长的红色线掸子像一面不屈不挠的旗帜,飘扬在越来越深的暮色里。他的打扮很像一个"盲流",但他的神情和方式却像一个流氓，而他做的事情则表明，他除了是个通过劳动来谋生存的人，什么也不是。显然他意识到来来往往的行人都在看他，所以他的样子越来越吊儿郎当，越来越像在和司机搞恶作剧，结果他的努力越来越徒劳。在我注意他的这段时间，他一只掸子也没有卖出去。但是看起来他满不在乎，一点儿也不着急，一点儿也不发愁他的晚饭，对这个城市一点儿也不恐惧。好像他已经看透了它，好像他已经没有别的目标，好像他在这里只是为了给这个金碧辉煌的城市添点恶心。他的神态似乎在宣布着这一切。

但是我知道，他并不是这样想。他的梦想是一天卖三千把掸子，卖好多好多钱，让自己神气活现像个老板。如果他是个儿子，他就想给爹娘一大把让他们看了眼晕的钞票。如果他是个丈夫和父亲，他就要给老婆买几身最漂亮的衣裳，给儿子买他想吃的所有东西。他心里想的是这样。但是他怎么敢让别人知道他是这样想的呢？他有什么资格和本钱这样想？如果他的同乡知道了，不笑掉大牙才怪！张保财想当老板呢！就他那熊样，在北京，要饭的都比他有钱，比他体面，他还想当老板！他也不撒泡尿照照。他们会这样说。他也不敢让这个城市的体面人看出来他的想望。他们看他那认真规矩的样子，会怎么想？会想：这个社会渣滓还挺有追求呢！可他再追求，也还是个社会渣滓呀！

他很了解这个世界上的人。从他的农村老家出发,他闯过大江南北,受尽各种人的眼色。他认为他知道自己是个什么东西。他认为他就是别人眼里的那个东西,虽然这个东西和在家里的时候不完全一样。在农村家里,虽然很穷,可是人家把他看成一个人,起码和他们一样的人,有点面子。可是到了外面,他就没有一点面子。他说不清是因为什么。当他一无所有、灰头土脸地出现在城市的大街上,走过衣履光鲜的都市男女的身边,他就觉得自己很没有脸,很贱。他很想找个感到自己有用的地方,可是找不到。包工队还需要劳动力吗?火车站需要扛包的吗?工厂需要看门的吗?搬家公司需要工人吗?他问。去去去,我们自己的人还不知道往哪儿塞呢!他被一次又一次粗暴地骂了出来。起初他感到脸上火辣辣的,想找个地缝钻进去。见得多了,就无所谓。他不会再想:你就不能好好跟我说话吗?你吃了枪药吗?你对狗还比对我客气呢!他不会这么想了。他觉得这么想很可笑。呸,死尿,你也配这么想!他骂自己。死尿,将来你发达了,你不就也能那么气派吗?你被人骂,是因为你不够气派。你气派了,第一件事就是要这样骂骂别人,让他们知道你的厉害,让他们知道你可不是不会厉害。他这么想了一会儿,感到很舒服。从这一刻起,他养成了一副涎皮赖脸的表情。他觉得这样做人就比较自在了。一个人如果觉得不自在,是因为他追求太高,没有找对生活的位置;一旦他找对生活的位置，他就会感到很自在。现在他觉得找对了生活的位置，很有点沾沾自喜。他想：以前我为什么害怕这个城市的体面人呢？因为我也想学着他们的体面样，可是人家不让我学。现在我不想体面了，我就是个邋遢鬼，我就是个流氓，他们能把我怎么着？他们敢瞧不起我吗？他们要是敢，我就往他们身上擦鼻涕。我就踹他们。我就揣一把菜刀，在他们眼前晃。他们就会吓得尖叫起来，拔腿就跑。胆大的能把警察叫来。那就蹲局子呗，局子有吃有喝，打骂两下也没什么要紧；要遭送回乡也没啥，大不了再回来。一个只有一条命的人还有啥惧怕的？古人说得好：脑袋掉了碗大个疤。

由此，一个惧怕城市的人被城市所惧怕。他发现人们看他的目光有所变化。原先是鄙夷嘲弄的表情，现在是提防躲避的表情。原先他在人们眼里是一条摇尾乞怜的癞皮狗，现在人们看他是一个可怕的大毒疮。癞皮狗谁都可以踢上一脚，大毒疮可是谁都不敢碰。虽然两者都讨人嫌，但是毕竟后者的待遇更高些。于是他的日子越来越好过：他看别人的时候，那人不看他。在公共汽车上，他故意往漂亮的姑娘身边蹭，他看见姑娘皱皱眉，把身子挪向一边，也是不敢看他。他再蹭，姑娘就逃到别的地方去了。他感到很得意。他想：北京也不过如此，人的胆子就像鸽子蛋那么大。你想怎么捏弄他就可以怎么捏弄他，屁都不敢放。他想：人就得把自己豁出去，就得不要脸，才能活人。这是一条重要的经验，是我的立身之本。我要是有个儿子就好了。他想。我就把这个经验告诉他，他就一辈子不愁没有饭吃，不愁没有便宜占。这可是传家宝哩。我一定要有个儿子。儿子再生儿子，我们就是个流氓家族。整个世界就是我们的财产。我是流氓我怕谁？这话谁说的？简直我肚子里的蛔虫。

在这座城市的巨大裂隙里，飘浮着无数这样面目模糊的人。体面人叫他们流氓，他们自己也是这么认为的。他们好像地底下冒出来的幽灵——来路不明，去向不定，散发着令人不安的气息。没有人问他们：你们在过着怎样的生活？你们想过怎样的生活？你们怎会过上了这样的生活？每个人都疲于奔命，都如枪弹上膛，都如笼中困兽，挣扎在自己的生存线上。我们互相提防，互相抢夺，互相仇视，互相暗算，把世界变成了一座大监狱。我们把自己关在里面，这时候，正人君子和流氓，没有区别。

1998年11月

寒冬的哭泣

微明的暮色中,我从朋友的家中走出,回小城里我自己的家。三个开电三轮的车夫在楼下等着生意。我问其中的一个:"去242多少钱?""四块。""你真敢开价,三块好不好?我是坐三块钱车来的。"我练习着毫不客气的讨价还价。在我们小城,亲友告诉我,花钱时一定要还价,而且要"横",这样就理直气壮,就显得你很知情,他们就不会欺你。果然,车夫一声不吭地打开车门。

透过透明的塑料遮篷,我看见熟悉的小城在寒风中颤抖。每年春节,我都要从北京回到小城,一日比一日凋败的小城,目睹它在冷风中的颤抖。它战栗的样子总要冲走我和家人相聚的欣喜。商店的顾客越来越少，物价越来越低，人们越来越闲，被"买断工龄"的前国家职工在大街上无所事事地游荡，有的钻进人家里去赌钱。大街两旁有两个行业人满为患：拉车的和擦皮鞋的。年轻的男人和女人黑污着面颊，迎上前来问你："小姐，要擦皮鞋吗？"那些坐下来享受服务的人们，都是些更年轻的男孩女孩，头发油光光的，衣服笔挺的，眯着眼睛，叼着烟卷，把脚伸给那些"卑下者"，脸上是得意洋洋和主宰一切的神情。小城里弥漫着荒凉肃杀的气息。没有生龙活虎的身影，没有充满梦想的目光。奄奄一息的小城，没有时间滑过的小城，你为什么会是这样？被上帝遗弃的城，我想为你哭泣。

饥饿的城，所有的饭馆都空荡荡，昏黄的灯光照着里面一两个幸运的顾客。他们幸运，因为他们下得起饭馆。车夫的破棉袄像一面战争中的旗帜，破棉絮和破旧的袄面分别在冷风中翻动。忽然想到：他可曾吃过晚饭？他可会觉得寒冷？我将付给他的三块钱可够他进饭馆里吃一碗热汤面？不，他不会进饭馆的。他要回家吃几毛钱的一顿饭，剩下的几个子儿要留给孩子交学校里记不住名字的这费那费。吃完饭，他会继续奔波在路上。

贫乏的城，几万人的城里居然找不到一家像样的书店。车夫经过了"鸿鹄书店"。那是小城最大的书店，陈列着从小学到高中的复习资料。这些枯燥的玩意儿是最好卖的玩意儿。孩子买回这些东西，窘迫的父母会眉开眼笑："咱丫头知道用功了。"如果孩子抱回去的是本《简·爱》，就会换来一顿臭骂："爱什么爱？你爹的血汗钱是让你爱来爱去的？下回再买这么没用的东西，我就打死你！"于是再没有孩子知道《简·爱》的故事。孩子们一本正经地重复着大人的论调：××是有用的，可以要；××是没用的，不能要。一个又一个物质的孩子长大成人，生活在这座凋敝的小城里，或者到远方，带着这座小城干枯的逻辑。

车夫开车的姿态令人怜悯。但我知道有三种因素使这种感情显得荒诞：

1. 车夫自身的灵魂也许并不像他的处境那样包含着动人的悲剧力量，但是怜悯者总是倾向于认为被怜悯者自身也有一颗忧伤而高贵的灵魂，能和自己的情感产生默契和呼应。这只是一种抒情的习惯而已，也许被怜悯者的灵魂和那些专横贪婪的暴发户没什么两样。把悲剧性的身份等同于一种悲剧性的人格而大加嗟叹和怜惜，实际上嗟叹的也许只是自己的情感和想象。

2. 无论车夫拥有着怎样的灵魂，他的境遇都是令人心酸下泪的。

3. 心酸下泪和同情怜悯对他的境遇没有丝毫的改善。这只是一种无效的情感，如果被对方知道，则会成为一种令人惊诧和可笑的东西，或者是一种侮辱和负担。

精神对于物质世界的脆弱性质于是显现出来：在这个时刻，精神活动与物质苦难是不可沟通的，它的丰富与辽阔不能把生存的苦难减弱一丝一毫，而只能使彼此感到更加孤独无助。同时，物质的饥渴和匮乏本身就会造成一种精神的苦难——精神因为缺少丰富和立体的滋养而变得日益荒漠化。对于无垠的荒漠而言，绿洲只是一个嘲讽般的梦想。

——只要你坐车时多给他点钱就够了。没错，就这么简单，我也是这么想的。我能做到的只是下车之后改了主意，付给他多于三块钱的车费。我看见他的脸上掠过一丝惊喜，然后，他破旧的棉袄就消失在夜色中。

1999年1月

2008年5月19日14点28分

看一眼手机，14点20分。穿过社区的十字路口，但见三三两两的汽车驶过。路西北有一家麦当劳和一座物美超市，门前停着几辆车，购物者稀稀落落地出入。路东南是一排小型商铺，门前一对青年男女在打羽毛球。几个闲人从店里踱出，站在一旁看热闹，且朝四周张望。我怀疑他们不是为了看打羽毛球而来到门外的。我怀疑他们和我一样，在悄悄等待着什么。为了不让人看出在等待，于是就假装去等别的东西——比如我，我站在公交站牌底下，一直做出等车的样子，一任车们在身边停下，又开走。

街道很平静。一对老夫妻从我身后蹒跚而过。三个建筑工人风一样疾走。五个穿着深色西装的小伙子来到了路口。一个白衣女孩夹着块彩色大纸板从我身边行过。麦当劳忽然传出一个青年男子的广播声："各位顾客，为了表达对四川汶川大地震遇难同胞的哀思，从现在起，本店停止营业三分钟，让我们起立，为灾区的亡灵默哀，愿……愿他们一路走好。"掏出手机：是的，现在是2008年5月19日14点28分。

汽车不是在这一时刻戛然停驶的。十字路口，它们一辆辆，似乎有点犹豫，有点害羞，缓缓滑行，渐次停稳。片刻，"滴——"声齐鸣，粗细高低不一。所有行人止步。白衣姑娘在我身旁放下纸板，立正，垂头。那五位西装小伙依然笔直站在路口。打羽毛球的青年和他们的观众，静立在楼前。他们的表情有些哀戚，也有点似笑非笑——那是鲜有仪式的人们不知所措而又倍感新奇的反应。不过，此刻也有争分夺秒的人——两个骑电动自行车的中年男子，在从未如此静穆无碍的街上疾驰而过。

三分钟汽笛长鸣，因音调不变而显得漫长凄厉。"滴——""呜——"之音直抵上苍，一如祈祷，一如哭泣：

安息，天堂里的孩子，愿你们抱着心爱的玩具，不时回到父母的梦中；

安息，天堂里的父母，愿你们保佑人间的孩子，早日抚平心灵的伤痛；

安息，天堂里的爱人，愿你们温暖牵挂的视线，给心碎的孤侣以生命的勇气；

安息，天堂里的兄弟姐妹，愿你们依旧在我们左右，给我们世上的长途以手足情深的安慰……

安息！所有已达天堂的灵魂，未曾谋面的至亲！你们猝不及防的离去，烙在我们灼痛的记忆里，无法消失。

安息……但是，我们这些活着的人，我们怎能，怎么才能让天上的亡灵获得安息？

我们自己的心，如何安息？

2008年5月20日

香格里拉的云

你们这群人从不抬头好好看我。只知道看雪山，看草甸，看花海，看牦牛，看寺庙，看古城，看藏族纳西族傈僳族跳舞，看金沙江，看腊普河，看碧塔海，对了，还看猴，萨玛阁的滇金丝猴。你们不知道，其实是猴看你们——毛色如熊猫、红唇如少女的猴们骑在树上，看着谷底这几十号人坐趴蹲站，抻颈举首，屏息凝神，丑态百出地盯着自个儿这边，简直笑破了肚皮，有的笑得顺着树干就故意出溜下来，于是你们低声惊呼："嘘——出来了出来了！"嘘什么嘘，那是猴们愿意让你看见，你还当是自己发现的哪……

有时你们也是看我的，看得很专注，很急切——清晨，天蒙蒙亮，几十只相机对着我，咔嚓咔嚓，边照边说："云彩呀，快躲一边去吧，别挡住太阳，别让我们白来一趟，别不给我们看梅里雪山的日出呀……"

瞧瞧，你们就是这样对我的，作为回报，我就没给你们看梅里雪山金顶。如果你们不这样说，如果你们相信我，我定会化作一条最长最白的哈达，挂在王子梅里的颈上；给太阳腾出空来，让他发出金辉；给蓝天辟出地儿来，让她映着梅里的白袍……但是那日，我受到了打击，脸色铅灰，身形臃肿，盘桓在梅里的胸前，只许他露出一片银光闪烁的冰川，逗你们眼馋。"好美的冰川！"你们大惊小怪地叫嚷。——小意思，这才哪儿到哪儿。你们会更急着看梅里的金顶吧？你们会留下来，看不到就不走吧？你们会虔诚等待吧？对最美的神山，虔诚等待是值得的……那我就慢慢变白，变薄，变轻，慢慢把梅里的头巾掀开给你们看……

啊，天神哪，地母呀，那些乘坐大巴而来的旅客，真是世间最薄情的行者！他们不但没有留下来，反倒更加迅速地离开了！他们边上车边说："总算来看了梅里雪山。"大言不惭！这也叫看了梅里雪山？没有信仰的人是多么不可救药哇，连近在眼前的美景都等不及看完。红尘男女，你们急甚？日光之下，并无新事。你们急匆匆赶去拾拣的，无非是前人吐出的甘蔗渣而已；可如果你们在神山之侧驻停，静听，自由的神灵就会降临在你时时更新的心上——你们何不试试这甜蜜的滋味，而赶去抢甘蔗渣呢……唉，我在这世上游荡了千万年，从来万物静好；可自从人类发明了钟表，这世界就堕落了……随你们去吧，随你们消失在垃圾场里吧，随你们……三辆大巴迂曲爬行于环山路，如三只憨愚的甲虫。天地寥阔，寂静无人，众峰连绵的高原赤裸在阳光下，睡着了。蓦地，环路转弯处站立一人，如天地间唯一之人，脸膛黧黑，笑容满溢，向大巴挥舞着手臂……车里有个敏感的人，为这景象所震惊，于是她一直向窗外望——望着那人，直到他变成一个看不见的黑点，变成消逝在另一个世界的短促歌声……无端的热诚，源于无边的寂寞吧？世间最无瑕的情感，总是这样被轻易地抛撒和辜负……她叹了口气，停止俯瞰，抬头望天……她看见了我。

　　终于有人好好看我了。那就给你们好好看看。你们这些城市里被灰云捂惯了的可怜虫，突然来到香格里拉，来到离太阳最近的地方，都有些轻微的眩晕和色盲。你们居然指着我说："从来没见过这么蓝的天，这么大、这么多、这么白的云！"不解风情的家伙，难道我只是白色的吗？只是大、只是多吗？我是豪爽，挥霍，变幻不定……你可见哪两片云的颜色是相同的？形状是一样的？高度是相等的？姿态是固定的？你看那苍绿草甸上、晶蓝天空下，有波翻浪涌的，有万兽狂奔的，有静若处子的，有动如脱兔的,有慵懒安卧的,有疾走如风的……或月白,或玉白,或冰白,或纸白,或灰白……或银灰,或蓝灰,或金属灰,或兔毛灰,或薄暮灰……皆是我,皆非我。世代生于斯土的人们,抬头望无时不在而无时不变的我,最懂得何谓恒久,何谓无常。因之他们很乖,顺从无常的意志。因之他们不驯,灵魂里骨头坚硬。亦因之,他们卑顺健勇而慷慨好客——萍水的客人来时,敬酒,唱歌,跳浑朴的舞;相逢的客人走时,他们紧紧拥抱,依恋祝福……当然,这是你们有情的说法,听来在理,可你们转身即忘……这日黄昏,你们到了维西塔城的响古龙潭,休憩,喝茶,看雪山圣泉积成的潭,看潭里游的洁净透明的鱼,看养鱼开店、身着盛装的纳西一家人忙来忙去,心里美得飘飘欲仙,纷纷大叫:"上酒来!"淳朴爱笑的纳西老板娘把服务员指挥得团团转:快往各桌上青稞酒,上生虹鳟鱼片,多多地上啊,他们城里见不着这么干净的鱼,唉,这些可怜的孩子,你看他们馋得,快,快上……

这人间俗景,我看多了,见怪不怪。我高步天上,不动声色,正应了那句——"天地不仁,以万物为刍狗"……我俯瞰这群尘网中人,看着你们走进"独克宗"古城阿布老屋时的大惊小怪:那藏屋墙板,四十年前"造反有理"的标语依稀可辨,厅堂里巨大铁锅乃"大锅饭"时代所遗;听主人阿布旺堆老汉谈古论今,你们方知这个现名

"香格里拉"曾名"建唐"之地,四十年前寺门前碧波千顷的拉姆央措亦被"填湖造田"……你们唏嘘不已,不禁用了疼惜的眼光重看此城:湖在人工修复,佛殿栉比鎏金,僧侣络绎,游人如织;古城的石板路坑洼不平,那或许是故意的;路旁小酒吧朴拙天真,但愿那主人,心中有神……一切似乎什么都发生过……一切似乎什么都没有发生……

你们人类的心思,就是这样——有时像我一样飘忽轻快,自由自在,有时则自找苦吃,重若铅石。因了这个弱点,你们才不得超脱,无法永生。也因了这个弱点,你们才更像人,而不是云。

不过我还是喜欢做云,香格里拉的云……皆因此处,天道轮回,生生不息;山川静默,包容万有。

2007年6月8日

结婚

女孩楠楠五岁了,站在玩具商店的大橱窗边,会被大人买走——她实在长得跟洋娃娃一模一样!一张圆苹果脸,大眼睛深深凹进去,黑睫毛长得直往上卷。小嘴巴闭紧的时候,中间要凸起一个小尖儿。

静子喜欢一个孩子,会到心里发痒的程度。楠楠就会让她心里发痒。就是因为她的凹眼睛,卷睫毛,和嘴巴上的小尖儿,使静子感到一种顽皮的美感。静子就喜欢逗她,直到她哇哇大叫忍无可忍,静子再把她哄乐。

静子觉得楠楠这孩子奇妙极了。她好像冥顽不灵——她一点也不在乎,或者说感觉不到别人对她怎样。一百个人宝贝似的看着她，给她好吃的，给她好穿的，她可能也不会欢天喜地，她依旧要跑，要闹，要找些莫名其妙的东西，要躲到一边去。可她又是个直觉的精灵——她喜欢在一起的人，静子都能感觉到一个喜悦、通畅、有趣的"场"。

这天静子结婚，楠楠也被妈妈带去参加婚礼。静子穿着一条长极了的红色筒裙，滚红边的黑短上衣，梳一个蝴蝶形晚妆髻，很美丽。楠楠一反往常的矜持，围在静子身边"阿姨阿姨"地叫。静子六岁的胖外甥也被妈妈从沈阳带过来了，也跟在后面"老姨老姨"地大叫。平常胖外甥可高傲啦，见到叔叔阿姨就要把大胖脑袋仰到天上去，好像谁也没看见。

客人们都被招待完，静子就坐下来休息，吃东西。楠楠噔噔噔跑过来，靠到静子的腿上，大眼睛转来转去地望着她，嘻嘻笑。

"今天谁结婚呀，阿姨？"这小孩，还会明知故问呢。

"你不知道吗？"

"你呀。"

"知道你还问？"

"我……我想逗你玩。"

静子欢喜得把她抱了起来。

"楠楠，你觉得结婚好不好哇？"

楠楠点点头。

"你想结婚吗?"

楠楠点点头。

"你想好跟谁结婚了吗?"

楠楠指了指静子的胖外甥。这个胖家伙正在旁边大嚼油炸食品,什么也没听见。

静子大笑起来。楠楠羞红了脸,忸怩地低下头。

"为什么要跟他结婚啊?"

"因为他,他好玩。"

静子把外甥王肯拉过来,问他:"楠楠给你当媳妇,要不要啊?"

王肯笑嘻嘻地,低头,又摇头。楠楠低头玩自己的胖手,很难为情的样子。

"奇怪,楠楠不够漂亮,配不上你这个胖小伙吗?"

王肯摇头。

"告诉老姨,因为啥?"

"我才不要她呢。她是小地方的,我是大城市的。"说罢,王肯晃着胖乎乎的大脑袋,扬长而去。

静子回头看女孩楠楠。她正眨着亮亮的大黑眼睛,笑嘻嘻地要求静子:

"阿姨,给我夹八爪鱼。我最爱吃它啦。"

1996年

童心的天空

走在北京的街上,我渴望看到一双清澈的儿童的眼睛。我碰到一个三岁的孩子在林荫路上摇摇摆摆地走着,她的眼睛是清澈的,带着微蓝色,像晴朗的清晨的天空。她不时抬起脑袋,眯起眼睛追逐从树枝间漏下的阳光,于是她的朝天梳起的小辫子就撅向地面。一阵鸽哨从身后的远处响起,她仰头找啊找,想知道是什么东西发出这样好听的声音。她的身子向后越来越弯,终于她跌坐在地上,眼睛睁得大大的,仍是惊奇的神情。

我继续向前走,碰上一群十二三岁的男孩。他们在路上吵吵嚷嚷,用一种介于儿童和成人之间的沙哑嗓音。他们的眼睛黑白分明，闪烁不定地关注着路边飞驰而过的轿车。他们都穿着帅气的夹克衫、牛仔裤和高帮旅游鞋，做出酷酷的帅哥样子。"我妈给我买了双一百块钱的鞋，我看都没看，喊，一百块钱，您答对要饭的哪？""嘿，我妈跟我说了，你想要什么都可以给你，没别的，你将来出息了找个好工作就成。我觉得也对，咱别瞎玩啦，好好学，将来找个工作，再当个大老板让人听咱们的，不比什么都强？你们说呢？"在一个温暖的春天的下午，一群本该讨论探险、捣蛋和玩耍的男孩子，却在一本正经地说着四十岁的话，我再细看看他们的眼睛，发现它们其实是灰蒙蒙的，就像被工厂的浓烟污染的天空。

我漫无目的地朝前走去，从一个正在打手提电话的男人身边走过，他那双布满血丝的眼睛流露着似笑非笑的神情；我从两个热烈聊天的中年妇女身边走过，她们用严厉而苛刻的眼神盯着我这个擦身而过的年轻人；迎面走来一个戴着眼镜、衣着朴素、若有所思的中年男子，他的眼神疲惫而专注，望着某个虚无的方向；后面跟着一位步履蹒跚的老人，他的双眼蒙着白翳，浑浊而苍凉，似在茫然寻觅一个可以接纳他的地方……我从这些成年人的目光中走过，就像走在一片灰色的天空下。没有阳光的天空，空气里飘浮着尘埃、废气和硫酸雨——那些永远萦绕在他们心间的事，那些钱，那些房，那些前途，那些欺骗和斗争。它们在我的身边发出嘈杂的声响，使我感到恐惧。

我并不恐惧它们会吞没我。我恐惧那个三岁的女孩，会在她童年的某一天，看见我现在看到的一切。我更恐惧的是，当她看到这一切时，会感到由衷的喜欢，就像那些十二三岁的大哥哥们已经做到的那样。那时，她将不再听到蓝天上鸽哨的音乐，她的眼睛也不再清澈得微蓝。她将永远头顶着浓烟滚滚的灰色天空，眼望着地面，埋头走那条愈来愈窄的人世之路。我感到恐惧。

为什么不给孩子一片澄净的蓝天？啊，不，为什么不远离我们自己的灰色天空，而回到孩子蓝色的晴空下？为什么我们不陪伴她，陪伴她一起发现已被我们遗忘的彩虹、童话和音乐，陪伴她飞翔在童心之中？天空像创世之初那样蓝，在那里我们会重新长出一双童真的眼睛，一切都散发着新鲜的气息。

1997年3月

体验几个动词

徘徊

日子在一天天地流逝。我依然徘徊在存在与消失之间。每当我打开家门,总是寻找一些变化的痕迹。可是,没有,什么也没有。床依然在老地方,桌子还是桌子。我梦想床上坐着一只突兀的大黑熊,对我露出雪白的牙齿。哪怕桌上放着一封字迹陌生的信也好,只要它来自陌生的远方。可是,没有。这时我只能笑笑,笑自己这些廉价的幻想。我像一个无所事事的人,渴望发生一些不劳而获的奇迹。

为什么我总是在大地上茫然游荡？为什么我总是沉默不语？为什么我想投身世界之中，却只能侧身观望？为什么我永远在观望？

观望的时候我惊慌失措。首鼠两端。举棋不定。两手空空。时间在我的指间流过。皱纹就要爬上我的额头。可我仍是这个世界上的空气：无形，无影，无声。我要你看见我。我要你听见我。我要你知道我在这里，目光穿过凝固的时间与流动的空间，与你相遇。我不要深陷在徘徊的黑洞中。我不要未看之前就已盲目，未说之前就已喑哑，未死之前就已死去。我不要。

我只想说一些话，让我的语言创造一个更令人惊奇的世界。

发生

有些事已经发生了，却好像从未发生过。一阵风吹过来后，谁知道曾经有哪阵风吹过？一个浪打在舷边，谁记得是哪个浪曾在眼前溅落？可是，就这样不留痕迹地发生了。

我无法阻止自己发生一些看不见的事。那些擦肩而过的吸引，那些智慧与灵魂的默契，那些目光，那些声音，那些梦想，那些逃避，都在说发生了一件事，一件让我战栗、狂喜和恐惧的事，一件必须阻止它发生的事。是的，必须阻止。我阻止了。可是当时光冲走了往昔的一切,我试图从这条河流中打捞青春的遗迹时,却找不到一丝真实的证据。那些吸引,那些默契,那些目光和声音,那些梦想与逃避,我还记得吗?你还记得吗?此时你睡在哪条街道边的哪座老房子里,或者哪座天堂的哪位天使家?而我又坐在哪张桌子旁怀想着哪一段看不见的时光?我知道吗?你知道吗?那些曾经发生在我心里的事,它们是否也曾发生在你的心里?那些我竭力寻找的往事,是否你也在竭力寻找?当我找不到它们的时候,是否能在你这里找到?

我无法停止发问,正如时光和记忆无法留下已经发生的一切。

摧毁

我感到自己必须摧毁一些东西。血红的夜空抛下灼热的雨,闪电是这夜空的伤口。我就是那个伤口。我把沉闷而血腥的夜空撕碎,我让大雨下得更自由,我还让霹雳的声音打得更恐怖。在我的亮光中,大地上的房屋恐惧地战栗着,大地上的树木却在沉醉忘形地摇摆。万物都到了敏感的时刻,在一束强光的照耀中,它们迅捷地裸露出自己的本质。那是怎样的一个狂欢的瞬间!垂死的宁静被我摧毁,天空和大地却获得了自由和生机。这辉煌的摧毁!所有的枷锁都被打碎，我的灵魂破茧而出，在天地之间恣意飞翔，化为太阳、星辰、彩虹和风雨。如果没有这摧毁，我会是什么样子呢？我只能是匍匐在大地上的一株枯瘦的衰草而已。这可赞美的摧毁！

我沉浸在对摧毁的想象中。所有的犹疑、耽溺、逃避和停歇，所有黏稠的思绪，在这种想象中化作烟尘。我敞开自己的生命，迎接摧毁的时刻不断莅临。那也是我新生的时刻。

怀念

你在那里一切都好吗？我在这里一点也不好。我不太习惯这个世界已经没有你。你肯定想不到我会这样吧。因为，在你那里，我算是谁呢？我只是一个微小的过客而已。也许你说你不这么想。也许你想都没想。这没什么。关键是，你在那里吗？你在哪里？

你留在尘世上的书我正在看。当你还在这里的时候，我对它们没太在意。我以为时间还多着呢，我以为时间多得能让你看到我写的书。我天天兴高采烈地这么想，想有一天能得到你的夸奖。

即使有一天，我做得足够好，得到了全世界的夸奖，我也会转身回望那个世界，听听你的回答。如果你说"不好"，我就重做，直到你满意为止。

想知道这是为什么吗？因为你影响了我的灵魂。因为你使我知道，人的灵魂原来可以这么真，这么美。这是我获得生命以来最感恩的事情。这使我对人世不那么失望。真的，认识你以前，我对它是失望的，但是认识了你，我就一点也不失望了。可你一下子就走了。

我曾经想：我竟然从没真心怀念过一个人。现在我想：我宁愿从未怀念过一个人。我愿意所有美的灵魂就活在我身边，展示存在的希望。我害怕自己遗忘长逝者的美丽，而只记住尘世的肮脏。我害怕忘记你。忘记你，我就会忘记自己承诺给自己的使命。与其这样，不如不活。

什么能够安慰我对你的怀念？也许我只有像你那样活着，成为我所怀念的你。只有这样，我才能对这个世界抱有希望。

1997年3—5月

不幸的事

我们这一群反抗者,围坐在桌边吃晚餐。我们一边剥着毛豆喝着啤酒一边谈起另外一些比我们不幸的反抗者。这种场景真是不幸的。

他说他最大的恐惧就是成为世界的旁观者,为此他不停地说话和行动,不停地从一个地方流浪到另一个地方,不停地交游、争吵和背叛,不停地犯下无数过错。他说他此前最大的愿望就是穷尽人生的无限可能,而现在则有些心灰意冷,因为人生的可能也就不过如此。她听着他的话,觉得自己真是不幸的。她曾经和他有着同样的愿望,但她并没有行动过,洁身自好的习惯最终让她选择了冷眼旁观。在防止不幸和杜绝过错的岁月中,她感到自己没有成长地衰老了。她没想过这会是她最大的不幸与过错。

时刻在自己的空间里与一个丑的灵魂共处,实在是不幸的。你假装没看见那种丑,假装无忧和快乐,假装爱和怜悯,假装得连自己都相信了,这又是多么的不幸。

卡夫卡的小说来源于"自己是个没人需要且碍手碍脚的人"的意识。他的小说是这种不幸的分泌物。从这一点上说,我可算作一个女卡夫卡——当然,是个尚未分泌小说的女卡夫卡,只在不幸的程度上与他等同。这真是一件更不幸的事。

可不是吗,卡夫卡如果不写作,他就一无是处;他如果没有写作才能而只有一颗敏感的心,等着他的只有自杀。

更不幸的是,文学史居然认为他象征了一个时代。也许因为这个时代的每个人都认为自己是弃儿?上帝的弃儿吗?如果人还能够想到上帝,他就不是真正的弃儿。

看见一只流浪的野猫而不能把她带回家喂她吃东西、给她洗澡,是件不幸的事。

看见地铁里一位头发花白、衣衫褴褛的老太太在拾破烂而无力帮助她，是件不幸的事。

想到自己的亲人也在承受各自的贫困而无力帮助他们，是件不幸的事。

想到自己也是无助的，想到钱是很难赚的，想到因为钱而不自由，是件可厌倦的事。

出门遇不见几张喜欢的面孔，是件不幸的事。

那些把俗物当真的人派头很足地喷着烟圈，我以为他们是不幸的。

女人写作品，男人写评论，我以为是不幸的。把女作家的外貌作为评论的一部分，且是评论中最具辞采和智慧的一部分，我以为是更不幸的。

没有很多的记忆，我以为是不幸的。

没有勇气产生愿望，因而也不再为愿望所推动去惊天动地地做事，且总是先做生命里最次要的事，总是把最想做的事推给明天，或者总是美其名曰"在做准备"，我以为是不幸的。

时刻觉得各种威胁、嘲讽、蔑视、敌意和不确定性盘踞在周围，所以不得不关闭自己敏感的神经回应系统，故意堵塞视听和故意变得迟钝，我以为这是不幸的。但其实这只是表面现象。真实的状况是：一切微妙都已尽收眼底，只是自卑自怯，无力回应。为了增强对敌意的承受力而表现出像傻瓜一样的迟钝，这种境况是不幸的。天长日久，被迫的迟钝就变成了迟钝的习惯，而这是最不幸的。其实那些能够在任何时候把自己的敏感流露出来的人，是受宠和强大的，因而也是有侵略性的。但是你完全可以不理会他们，你也完全可以这样。为什么自卑和自怯呢？回溯到童年是无益的。

到处是与己无关的谈笑，这种感觉是不幸的。你吃东西，喝酒，看街景，因为你并不关心他们所关心的。你心想：我为什么要坐在这里呢？是为了了解生活罢了，而生活不过是一堆垃圾而已。得到这个结论，你感到身为人类真是不幸的。

2002年6月17日

难说的事

233 等心情坏到不能再坏，等黑到了伸手不见五指，等所有的依赖都失去，等绝望到了彻底，你就开始快乐起来了。

你以为这快乐是一种粉饰太平的东西，后来发现不是的。

你开始认真起来了，发现还真有那么回事。

真有那么回事吗？可能吧。

最高明的骗术，居然在自己的手里。你暗想。

走下大巴，走向地铁，目光掠过大街上欲望奔流的面孔，你忽然决定放弃。

这个念头如同大麻，击穿你滞重的神经。极乐来临，身轻如羽。

"字付大儿看：盐菜与黄豆同吃，大有胡桃滋味。此法一传，吾无遗恨矣。"金圣叹临终家书，大有胡桃滋味。

让文字代替自己犯罪，这个念头怎么样？我看"挑战极限"的作品就是这么回事。

孤僻、神经质和诗人气质的人都惧怕科学，到底是怎么回事？

科学是外向的世界，他们则生活在内心之中，他们感到外面的世界无从把握，而他们又必须有所把握，于是文字成了他们的救生圈。"弱者型大师"就是这么回事。他们的文字是"为自己"的分泌物。

但是，文字又能为谁呢？

但是，你怎能指望一个羸弱的灵魂拥有真正的力量呢？

他们可能很美，可能很暴力，可能很有想象力。他们可能走进了你从未抵达过的世界。但是，他们缺少爱的能力。

我不愿意看到他们和我一样的弱。

但是，如果你把他们纯然当作欣赏对象来看待，一切又都有趣起来了。

吴小莉在广告里斩钉截铁地说:"把握先机,才能先声夺人。"这俗话竟是不错的,可验证在任何实际的领域。比如,你之所以灰头土脸,就是因为你从不动身猎获足够多和足够超前的信息。

这是一个需要形形色色的"知识"的时代,不管你的知识多么冷僻和边缘,总比一个空洞的价值论者、一个议论家有价值。

什么是"有价值"呢?有时候,就是卖个好价钱。

什么都可以卖出好价钱,只要你有事——不管是好事坏事美事丑事五颜六色的事污七八糟的事八九不离十的事还是荒诞离奇的事。

在这个时代,经历即财富。如果你只有纯洁的经历,那你就歇菜吧,闭嘴吧,居家过日子吧,别在外头混啦。

这是一个不能容忍"空白"和"停顿"的时代。不管你有什么货色,先给我放这儿再说,别在那儿瞎琢磨。

如果你迟迟疑疑忐忐忑忑心怀洁癖,那你就自生自灭去吧,自言自语去吧,让寂寞立刻把你杀——死、杀死吧。

如果连寂寞都杀不死你,那你就不会死了。

由于长期的服从，长期的乖，长期按照被给定的轨迹滑行，长期进行无效的阅读和思考，她感到自己大脑的沟回越来越少，越来越浅，记忆力减退，反应力减弱，内心空空荡荡。

她忽然发现：自己竟然从未先"想要做一件事"，然后根据想做的事情去寻找材料。而是一直相反：眼前有什么材料，然后根据它凑合着去做一件事。几乎一直如此。

她就这样凑合着走过三十年了。一直未作自己的主人。

所以她总是长着一张仓皇无助的面孔。

她决定从下一秒钟开始告别自己的这张面孔。

2002年6月

关于死

死是什么？死只有和爱在一起，我才懂得它的意思。当然，这看起来是个陈腐的说法。她脸色苍白，对我说道。

但是，懂得它的意思的时候，我的愿望就是死。她说着，望着窗外不相宜的晴朗天气。

当然，现实的举动是哭泣。不停地哭泣，不出声，但是泪水滔滔，想要洒落漫山遍野，有时候天晴，有时候天阴，有时候雷声在天际隐隐滚过，一切似乎隐藏着变化的征兆。她边哭边想：也许变化正在发生，等我哭完，会发现一切都已不同，死去的只是一个噩梦，而我爱的那人却仍在生活。因此她不敢停止哭泣，她怕这唯一的希望会随着泪水的止息而消失。于是她就哭下去,就像世人眼里的一个白痴,无所顾忌地哭下去,她边哭边走在大街上,四月的春风拂着她泪流满面的脸,桃花残酷地怒放,而她知道一切皆已被死神注定。

当然这样也可能:她不停地哭泣,是为了倾听心脏彻底碎裂的声音,因为这声音在彻骨的"空"中是她唯一的实有。她祈祷自己先碎掉心,然后整个身体都迅速彻底地碎掉。这样她就不再疼痛,而和她爱的那人在一起,这个想法竟使她轻快。

还可能是这样:她无法止住哭泣,因为她无法停止想象她爱的那人死去的过程。那个窒息和挣扎的过程使她心痛如绞,耳边回荡着他求生的惨叫,这种惨痛使她无法解脱。他居然这样惨酷地离开人世,这种惨痛使她无法解脱。

…………

她走在这城市的大街上,忽然觉得活着是一种难以忍受的酷刑。而在不久以前,当她和他一起走在这条街上时,她却快乐得想要长生不死。那时她还希望这条街没有尽头,以让他们的漫步没有尽头。但是现在,她觉得它未免太长了,长得她再也走不动。她看着他曾经经过和看过的街景,心里产生了不可克服的绝望。这个城市的一切将不再被他看见,这个城市该是多么空空荡荡呵。而整个尘世也是如此。

有时候,她会想起一个同样让人爱得心痛的人在六十多年前写给他的狱医的话,写完这段话不久,他就被处死了。那段话是这样的:

> 如果人有灵魂的话,何必要这个躯壳;
> 但是,如果没有的话,这个躯壳又有什么用处?
> 这并不是格言,也不是哲理,而是另外有些意思的话。

这是一个有力量的逻辑,足以支撑他慷慨赴死。但是对于仍拖着躯壳活在世上并且无法求证灵魂之有无的爱他的人来说,这个逻辑又有什么用处?

只有冷笑。发出冷笑的是安排这一切的死神,以及从未品尝过爱的生者。

2002年3月16日

请让我坚信这应许／凭它入睡

丙辑

雾都孤儿

243 奥立弗与狄克

"你可不能说

瞧见我来着,狄克

我是跑出来的

他们打我

欺负我,狄克

我要远远离开这儿

去寻找生路

我自己也不知道上哪儿

你的脸色真难看!"

"我听见大夫告诉他们

我快要死了

看到你 我很高兴

亲爱的奥立弗

不过你别耽搁

快走吧!"

"不,不,我要跟你告别了再走

我还会来看你的,狄克

我知道

我们一定

能见面

你一定

会好起来

你一定

能幸福快乐!"

"希望能这样

不过只能

在我死了以后

我知道大夫的话是对的,奥立弗

因为我老是梦见

天国和天使

老是梦见

醒来时从不曾出现的

和善面孔

吻我一下吧,再见

亲爱的奥立弗

愿上帝保佑你!"

这话出自一个

幼童之口

这是奥立弗生平第一次听到

别人对他的祝福

从此以后

无论生活多么艰难困苦

无论命运如何多舛善变

他始终没有忘记

这句话

狄克与班布尔先生

"我但愿

哪位会写字的

能代我在一张纸上

写几句话

把它

折起来

封好

等我被埋到地下以后

为我收藏着

"我想告诉可怜的

奥立弗·退斯特

我非常爱他

一想起他

在黑夜里流浪

没有亲人

没有依靠

我就常常坐下来

一个人

淌眼泪

"我想告诉他,"

那孩子把两只小手

紧紧握在一起

怀着炽热的感情

"我宁可

趁年纪很小的时候

死去

也不要长大成人

变成老头儿

我怕 那样的话

我那进了天国的小妹妹

也许会把我

忘掉 或者

不再像我

如果我们在那里见面还都是

小孩

可就快乐多了!"

班布尔先生

把说话的小孩从头到脚

打量了一番

惊讶之状

无法形容

"他们都是一路货,曼太太

那个无法无天的奥立弗

把他们

全带坏了

快把他带下去

我瞧着他

心里就有气!"

狄克

马上被带下去

锁在

煤窖里

再也没能见到他亲爱的朋友

奥立弗

  2007年1月2日,录狄更斯《奥立弗·退斯特》最铭感于心的两段,稍加变更,排列成"诗"。我爱狄更斯,哪怕他只写出这两段。

囚禁

为你我已被囚禁两年

为你我自己囚禁自己

不写一个字,不说一句话

我为你哭过,笑过,爱过,恨过

我曾经雄心勃勃

而今只剩意志消沉

为我原地不动的踏步和摇摆

为我空耗了七百多个日夜的青春

我不怨你

只怨自己迟钝无能

我不知通向你的路口到底在哪里

每踏上一块土地都以为那是路

盘桓数月，不过抵达一片新的废墟

可我无法熄灭这心里的光焰

无法停止对你的寻找

为了拯救我，也……

也许只是为了拯救我

这不是一个难以启齿的目的

亲爱的

请像救助那向你求助的青年一样

救助我！

给我一个启示！

只要一个！

我写下这些贫血的句子

从埋没我的土地挖一小孔

我已很久没有声音

我的心房只回荡你的声音

后来它们也模糊一片

不知何去何从

为给一个自由战士塑像

我自己却沦为囚徒

这是一个多么讽刺的悖论

但愿这悖论里有一个真正的启示

2010年10月

哈金说

他问过许多女人

童年幸福吗

她们摇摇头

童年里只有劳苦、耻辱和伤害

她们的性格因此坚硬脆弱

她们一生不知幸福的滋味

我想起自己的童年

父母亲逆来顺受呆若木鸡

就像侏儒一家来到巨人国
不知如何保护哥哥和我
唯一能做的
就是曝于风霜任人欺凌
竭力把自己
做成巨人的一顿可口荤腥

这记忆令我深感羞耻
但我忽然忆起那些瞬间：

独眼的表舅给我做
会翻筋斗的孙悟空
和声音清晰的纸电话
他还会算命
可我不想听

周大爷绰号"老稀粥"
他喝着小酒命我围坐
我吃着他的花生豆
听他讲铁扇公主
被孙猴儿搅得肚痛打滚儿
二郎神在一座庙前
捉不到狡猾的老孙

却从庙后的旗杆

察觉这泼猴的破绽

成年时再读《西游记》

总有"老稀粥"的酒香飘起

那是幸福的标记

睡觉时妈妈躺在

哥哥和我之间

哥哥要妈拉拉手

我要妈妈摸摸腿

妈妈同时满足了我们

我立刻甜美地睡去

只要有我们仨

就有幸福的滋味

若黑脸爸爸不再出现

幸福无疑更加完美

但小学时图画作业

却让我哭天抢地

老师要我们画张飞脸谱

第二天上学必须交出

却偏逢家中夜里停电

水彩在嘎斯灯下鬼影幢幢

死一般的恐惧攫住了我

啊第二天交不出作业可怎么活

爸爸说你放心睡吧

明天早晨包你满意

早晨醒来我不敢问

默默穿好衣服来到桌前

天哪

我从不知道爸爸是个画家

纸上的张飞红脸黑髯

只差发出一声嘶喊

以后所有满足虚荣之事

都由爸爸来做

三舅每年春节前

都买来一箱烟花

我度日如年

眼巴巴盼着除夕快来吧

火焰的魔法

虽没有想象的盛大

第二年仍盼

奇迹开花

姥姥做的蒸肉

海米和肉瓜香

世上最香的香

我木头般的亲人哪

你们没有教会我幸福

却在命运的悲风中

为我撑起破碎的窝棚

你们软弱无依

却已倾尽全力

我都已收到

我长得还好

我在漫长的岁月里

不公地怨着你们

因为一句别人的追问

因为一杯手边的美酒

心中才霍然涌起

这陌生的感激

2018年1月8日

18.

今天，2020年4月8日
武汉解封了
朱一龙吃热干面的照片刷屏了
哑了76天的轮渡汽笛又响了
园丁给花草树木剪枝浇水
有人骑车，有人散步，有人遛狗
而你
已不在了

17.

今早做了个开心的梦

梦里我紧紧抱着你哭

对你说我真坏我怎么梦见你死了

老天爷啊谢谢你幸亏这只是个梦

你笑着擦去我脸上的泪

我也笑着抓紧你的手

就这样笑啊笑啊笑醒了

今天是女儿生日

问她要什么礼物

她低声说要爸爸回来

以为我没听见

赶紧擦干双眼

16.

今天,你走了整整一个月

依旧孤单一人挤在殡仪馆里

听说逝者的骨灰

目前都是骨灰袋存放

我不敢相信

打了电话去问

竟然是真的

再问何时能领回你的骨灰

殡仪馆要求社区安排

社区说等通知

具体时间不知道

那些领骨灰的人们

由单位或社区陪同

没有哭声,不许拍照

微博里那张排长队等骨灰的照片

被删了又删

15.

去医院三楼

想领回你的物件

领回你最后时光的记念

护士说为了消毒它们都已焚烧

只剩下这张薄薄的表格

我把它紧紧抱在怀里

我要抱你回家

14.

朋友打电话

说给我找了位心理医生

我谢绝了她的好意

只想在黑夜里静静坐着

很静很静的那种

为什么所有疼痛都急于清扫

它是你给我的遗物

我要好好存留

13.

从没处理过活鱼

干了两个钟点

以前都是你的活儿

我只负责要求口味

厨房狼藉一片

忍不住嚎啕大哭

12.

早起把阳台好好收拾一番

此前为打造这个闲暇之地

你给我做了花架

买了个小沙发，小圆桌

你说冬天这里晒太阳最舒服啦

平凡日子想心思努力过

这是你经常说的

隔离期已过

我把十三岁的女儿接回家

她问：

有个同学失眠了好几天

该怎么调整呢

我知道这是说她自己

只是她不想让我知道

孩子啊

求求你，不要这样坚强

11.

这几天都有邻居按门铃

送青菜，送水果

楼下的老妈妈送了肉

因为她们看我没在群里接龙买菜

隔着楼道问：

家人都好吗

还好，婆婆住院

公公和老公隔离

马上可以回家了

好啊

愿你们一切安好

10.

今天是你的生日

不敢看新闻

瞧着每天那么多治愈出院的

除了羡慕还有点嫉妒

到了饭点，站在阳台

望着

别人两口子在厨房忙进忙出

原来

这才是真正的幸福

9.

连着好几天坐在你的车里发呆

今天中午又坐了会儿

睡着了

忽然觉得脸上湿冷

分不清雨水还是泪水

关上车窗又想睡

隐隐听到吵架声

一个大妈要出门买东西

门口保安不同意

大妈骂：人都要闷死了

哪有那么吓人的事！

突然

我好羡慕她

8.

在家自动隔离
哪哪都是你的影子
乱扔的手机线
永远不摆放整齐的拖鞋
沙发角落的臭袜子

婆婆瘫坐在床上
呆看桌上的全家福
哭得嘶哑的嗓子
偶尔发出几声啜泣

7.

在医院等了4小时
殡仪馆车才来
说车快满了
只能接一位遗体
我继续在医院的走廊等待
今后相见只能在梦里

最后一程

多陪你一会儿是一会儿

6.

在ICU坚持20多天

你还是走了

女儿没有了爸爸

婆婆没有了儿子

我坐在马路上哭喊：

该怎么办啊

到底怎么做

才能让这一切回放呢

说不出话

却要不停地接电话：

你先生多少号确诊

家属有没有近距离接触

如果有，千万不要回小区

你要配合我们的工作

回到家

小区单元楼门赫然贴着：

无疫门洞

罪人们还在安稳吃喝

并不怕冤死的亡灵

天天等在他们的梦里

5.

2020年2月6日夜

那位医生去世了

眼泪不能停止

他是像你一样的好人

又普通，又温暖

他的妻子今夜怎么过呢

4.

你住在武汉肺科医院

反复高烧

我们没有吃野味

周边朋友也没有

我们一直积极生活

响应国家安排

3.

终于联系上定点医院

谢谢大家的关心帮助

2.

今天早上你说胸闷

高烧依然不退

像是呼吸衰竭的早期

看肺部CT

高度怀疑新冠病毒感染

打了120

没有卫计委电话他们不出车

出车了也找不到接收医院

打武汉市卫计委电话,市长热线

打不通

难道要我们在家等死吗

谁来救救我们

1.

2003年之前

你一直在北京做事

因为非典

回家待了几个月

我和你姐姐在医院同事

你没事就来找姐姐

就这样我们认识了

后来你总说

虽然少挣几个月钱

但找到一个好媳妇

赚大发啦

05年结婚

06年有了女儿

一切平淡安稳

我们以为

会一直一直这么过下去

END.

2020年4月10日,

据武汉女子Adagier的新浪微博构作

应许

缝缝儿 收

缝儿
这是第一个
给你写诗的上午
再有五个半小时
你就离开妈妈整整两周

2020年10月27日15点25分
芭比堂动物医院康普利德分院
妈妈永远失去了你
对永远这个词

妈妈有些犹豫

既然信上帝

将来就可能重聚

虽然关于动物的复活与永生

那本书的暗示并不清晰

这念头令妈妈的悲伤

起伏不定

一个声音说：

你的缝儿已到神的怀里

相信吧，神爱她

一定多于你爱她

另一个声音说：

缝儿已到了永远虚空之地

此去一别，便是永别

你所亏欠的，将永远亏欠

昨夜怎么也睡不着

你往常睡觉的地方

右手边的被子上

空空荡荡

妈妈不知如何求告

如何粘合这破碎的心脏

实在无法

妈妈就默祷：

神啊，

你是爱，是善，是全能的

你说过

当那日来临

你将擦去你孩子

所有的眼泪

那么你也必将擦去

孩子我的泪

我为缝缝儿流过的泪

当缝儿欢蹦乱跳来到我面前

你就彻底擦去了这眼泪

神啊

这是你的应许

请让我坚信这应许

凭它入睡

缝儿

妈妈就这样赖上了神

和祂的应许

神的世界广漠无边

妈妈的悲伤

在祂眼里比得上一粒沙吗

不，你错了

一个声音说：

在神

骄傲的帝国不过是一粒沙

一颗流泪的沙

却被祂托在掌心里

缝儿，昨夜

妈妈就是这样入睡的

2020年11月10日

后记

《致你》是一本杂拌儿式的创作集，陆续写于1996年到2021年，文体包括散文、小说、诗歌。这种"创作"并非生产性的，而是一个人成长痛楚的本然分泌物。一棵树被刀割过的瞬间，刀痕处涌出汁液。就是这种东西。这些汁液凝结成不规则的小块，风吹雨淋，撬下来，归拢一处，就是这本小册。但愿那些也曾或正在经历成长之痛的人们翻开它，能得着一点陪伴。

全书分为三辑。

甲辑是写人的散文——从青少年时代到中年之际，经历过的亲人、友人、师长，都是我所爱、在我生命里留下刻痕的。最后《致你》的"你",是人吗?啊,你问对了。TA是人格性的,更是人之为人的根本。

乙辑除了《磨刀霍霍》《子曰》是短篇小说,其余皆为散文。把它们编为一辑,是因为都在急促地追问着什么。

丙辑是五首诗歌,拿出来需要一点勇气。因我写诗,只是出于排遣,几无艺术自觉。这几首愿与人分享,是因为它们的"我"里,还有点别的东西;别的东西里,还有一点"我"。

此为后记,感谢读者。

李静

2023年6月13日

《我害怕生活》总后记

这套集子,缘于友人罗丹妮和王家胜的美意。对待文字,丹妮是一团火,随时感应,随时欢欣、席卷、拥抱或疏离。家胜则如磐石,沉稳地施行他的眼光和主见。两位目光如炬的编辑说要给我出"文集",着实令我深感惶恐——作为写作者的我尚在形成之中,远未到以此种形式论定和总结的时候。但丹妮安慰道:表示"总结"的文集很多,可表示"开始"的文集很少,咱们做一套吧。此语卸下了我的重担,却是编辑者冒险的开始。感谢他们二人为此书付出的智慧、勇气与劳作。感谢李政坷先生的精心设计——文集名和各分册封面的书名,皆由他以刻刀木刻而成，这实在是创作激情所驱动的书籍设计。感谢止庵先生关键时刻的热诚赐教。感谢陈凌云先生和吴琦先生的大力支持，以及单读编辑部的赵芳、节晓宇的辛勤工作。也感谢上海文艺出版社的同仁们。此书即将付梓之际，深念往昔一些编辑家师友在写作路途中的激励与成全，亦在此致谢，他们是：章德宁，林贤治，孙郁，林建法，徐晓，王雁翎，张燕玲，沈小兰，尚红科，陈卓。

感谢家人，以及所有扶助过我的师友。

感谢读者，恳请你们的批评指正。

李静

2022年8月9日，于北京

图书在版编目（CIP）数据

致你 / 李静著. -- 上海 ：上海文艺出版社，2024.
（我害怕生活）. -- ISBN 978-7-5321-9118-5

Ⅰ．I217.2

中国国家版本馆CIP数据核字第2024CA9084号

发 行 人：毕　胜
责任编辑：肖海鸥　叶梦瑶
特约编辑：赵　芳　　王家胜　节晓宇　罗丹妮
装帧设计：李政坷
内文制作：李俊红　李政坷

书　　名：致你
作　　者：李静
出　　版：上海世纪出版集团　　上海文艺出版社
地　　址：上海市闵行区号景路159弄A座2楼　201101
发　　行：上海文艺出版社发行中心
　　　　　上海市闵行区号景路159弄A座2楼206室　201101　www.ewen.co
印　　刷：苏州市越洋印刷有限公司
开　　本：1240×890　1/32
印　　张：9.125
插　　页：3
字　　数：165,000
印　　次：2024年12月第1版　2024年12月第1次印刷
Ｉ Ｓ Ｂ Ｎ：978-7-5321-9118-5/I.7168
定　　价：58.00元
告 读 者：如发现本书有质量问题请与印刷厂质量科联系　T：0512-68180628